16ª edição

Moacyr Scliar

ENTRE LINHAS COTIDIANO

Uma história só pra mim

Ilustrações: Mozart Couto

Conforme a nova ortografia

Atual Editora

Série Entre Linhas

Editor • Henrique Félix
Assistente editorial • Jacqueline F. de Barros
Preparação de texto • Lúcia Leal Ferreira
Consultoria editorial • Vivina de Assis Viana
Revisão • Pedro Cunha Jr. e Lilian Semenichin (coords.)/Elza Maria Gasparotto/ Célia Regina do N. Camargo

Gerente de arte • Nair de Medeiros Barbosa
Diagramação • Setup Bureau Editoração Eletrônica
Coordenação eletrônica • Silvia Regina E. Almeida
Produção gráfica • Rogério Strelciuc
Impressão e acabamento • Gráfica Paym

Projeto gráfico de miolo e capa • Homem de Melo & Troia Design
Suplemento de leitura e projeto de trabalho interdisciplinar • Isabel Cristina M. Cabral

Dados Internacionais de Catalogação na Publicação (CIP)

> Scliar, Moacyr
>   Uma história só pra mim / Moacyr Scliar ; ilustrações Mozart Couto. — 16. ed. — São Paulo : Atual, 2009. — (Entre Linhas : Cotidiano)
>
>   Inclui roteiro de leitura
>   ISBN 978-85-357-0338-2
>
>   1. Literatura infantojuvenil 2. Livros de leitura I. Couto, Mozart. II. Título. III. Série.
>
>   CDD-372.412

Índice para catálogo sistemático:

Livros de leitura : Ensino fundamental 372.412

21ª tiragem, 2022

Copyright © (1994) by herdeiros de Moacyr Scliar.
SARAIVA Educação S.A.
Avenida das Nações Unidas, 7221 – Pinheiros
CEP 05425-902 – São Paulo – SP – Tel.: (0xx11) 4003-3061
www.editorasaraiva.com.br
atendimento@aticascipione.com.br

Todos os direitos reservados.

CL: 810413
CAE: 602647

ENTRE LINHAS
COTIDIANO

Uma história só pra mim
Moacyr Scliar

Suplemento de leitura

Os garotos do prédio o achavam estranho. Magro, espinhento, óculos enormes, roupas esquisitas e, ainda por cima, nem sequer cumprimentava as pessoas. Mas João, adolescente complicado, tinha lá seus motivos. Crescera sem conhecer o pai, o escritor Brandão Monteiro, que deixara a família havia muitos anos. Para João, a única forma de contato possível com o pai vinha sendo a leitura de sua obra, que o menino incorporava como se fosse sua própria história.

Porém, a solidariedade de Rodrigo e o espírito de investigação de Rafael tornaram possível o encontro entre Brandão Monteiro e João, que se "re-conhecem" por meio da produção de um livro a quatro mãos, no qual a história do pai e a do filho, até então paralelas, se entrecruzam, firmando a relação entre os dois.

Por dentro do texto

Enredo

1. Os dois capítulos iniciais de *Uma história só pra mim* intitulam-se "Um garoto misterioso" e "A história se complica".

   a) Que aspectos apresentados no primeiro capítulo justificam o termo "misterioso", atribuído a João?

   _____
   _____
   _____
   _____

   b) Em certo momento, porém, o mistério parece se resolver. Como isso aconteceu?

   _____
   _____
   _____
   _____

   c) O que faz a "história se complicar" no segundo capítulo?

   _____
   _____
   _____

2. Em uma narrativa bem construída, nenhum fato é desnecessário, supérfluo. Veja o seguinte esquema de fatos e consequências: Rodrigo e Rafael têm que tomar o ônibus das 6 da tarde para a praia de Irapi, por terem perdido o da manhã; chegam à casa do escritor à noite; o carro do escritor está quebrado; a viagem para

visitar o filho doente é adiada para o dia seguinte. Qual foi a consequência desse último fato para a constituição da narrativa?

_____
_____
_____
_____
_____
_____
_____

3. Brandão Monteiro e João decidem escrever um livro a quatro mãos. De que modo isso contribuiu para a aproximação das personagens?

_____
_____
_____
_____
_____
_____

4. O narrador disse, no último capítulo, que gostaria de terminar a história com um final feliz, mas que isso não seria possível, mesmo porque ela ainda não havia terminado. Comente a relação existente, em *Uma história só pra mim*, entre o ato de escrever sua própria história em forma de livro e a vida de cada um.

_____
_____
_____
_____

> Sabemos que o homem branco não compreende nossos costumes. Uma porção de terra, para ele, tem o mesmo significado que qualquer outra, pois é um forasteiro que vem à noite e extrai da terra aquilo de que necessita. A terra não é sua irmã, mas sua inimiga, e quando ele a conquista prossegue seu caminho. [...] Trata sua mãe, a terra, e seu irmão, o céu, como coisas que possam ser compradas, saqueadas, vendidas como carneiros ou enfeites coloridos. Seu apetite devorará a terra, deixando somente um deserto. [...]
> Há uma ligação em tudo. Tudo o que acontecer à terra acontecerá aos filhos da terra. Se os homens cospem no solo, estão cuspindo em si mesmos. Isto sabemos: a terra não pertence ao homem; o homem pertence à terra. O homem não tramou o tecido da vida; ele é simplesmente um de seus fios. Tudo o que fizer ao tecido fará a si mesmo.
>
> (*Revista Nova Escola*, abril/1987.)

Em seguida, discuta com seus colegas de classe as diferenças apontadas pelo texto entre a relação do índio com a natureza e do homem branco com a natureza.

14. Você já leu alguma história de Sherlock Holmes? Se sim, conte-a para seus colegas, explicando como esse detetive costuma resolver seus casos, bem como qual é a participação de Watson em suas histórias. Se não, ouça o relato de seus colegas.

12. Em certo momento da narrativa, Brandão diz a Rodrigo:

> *O ser humano não é aquilo que as novelas e os filmes mostram; o sujeito quando é bonzinho, é bonzinho, quando é malvado, é um verdadeiro vilão. Nós somos uma mistura de sentimentos e emoções, amor com ódio, generosidade com egoísmo.* (p. 40)

Reflita sobre isso e escreva uma dissertação, apresentando suas ideias a respeito.

Atividades complementares
•
(Sugestões para Geografia, História e Literatura)

13. Apresentamos abaixo um trecho da carta que o cacique Seattle, da tribo Duwamish, enviou ao governo norte-americano, em resposta à oferta de compra das terras da tribo, feita em 1854:

> *Como é que se pode comprar ou vender o céu, o calor da terra? Essa ideia nos parece estranha. Se não possuímos o frescor do ar e o brilho da água, como é possível comprá-los?*
>
> *Cada pedaço desta terra é sagrado para meu povo. Cada ramo brilhante de um pinheiro, cada punhado de areia das praias, a penumbra na floresta densa, cada clareira e inseto a zumbir são sagrados na memória e experiência de meu povo. A seiva que percorre o corpo das árvores carrega consigo as lembranças do homem vermelho. Os mortos do homem branco esquecem sua terra de origem quando vão caminhar entre as estrelas. Nossos mortos jamais esquecem esta bela terra, pois ela é a mãe do homem vermelho.*
>
> *Somos parte da terra e ela faz parte de nós. Os picos rochosos, os sulcos úmidos nas campinas, o calor do corpo do potro e o homem – todos pertencem à mesma família.* [...]

Personagens

5. Segundo o pai de Rodrigo, João é um menino "derrotado". Já a mãe de Rodrigo acha que João está com problemas e precisa de ajuda.

a) A sua visão aproxima-se mais da visão do pai ou da mãe de Rodrigo? Por quê?

_____

_____

b) Quais seriam as consequências narrativas se Rodrigo tivesse a mesma visão de seu pai?

_____

_____

c) Quais seriam as consequências reais se todos nós tivéssemos a visão do pai de Rodrigo sobre os "derrotados"?

_____

_____

6. Brandão Monteiro deixou sua família, quando João ainda era praticamente um bebê. Apresente oralmente a sua visão sobre isso e ouça o que pensam seus colegas.

Espaço e tempo

7. No texto, as descrições de espaços são poucas e curtas, geralmente associadas às ações das personagens. Entretanto, a descrição da casa de Brandão Monteiro, feita no capítulo "Missão (quase) impossível", é fundamental para a caracterização dessa personagem. Explique que relações existem entre Brandão Monteiro e o espaço em que vive.

_____
_____
_____
_____
_____
_____

8. A história se passa em três tempos básicos. Quais são eles?

_____
_____
_____
_____
_____
_____

9. Esses três tempos não são narrados em ordem cronológica, pois os fatos relacionados à vida de casados dos pais de João são contados depois do início da narrativa. Que efeitos isso provoca no texto?

_____
_____
_____
_____
_____

Foco narrativo

10. Escolhendo como narrador a personagem Rodrigo, o autor conseguiu algum efeito especial para o texto, diferente do que conseguiria escolhendo a personagem João ou um narrador apenas observador. Comente essa escolha do autor.

_____
_____
_____
_____
_____
_____
_____
_____
_____
_____

Produção de textos

11. O primeiro capítulo do livro se encerra com as seguintes frases do narrador-personagem: "Este é o problema: a gente esquece os sonhos, não é? A gente esquece os sonhos". Você tem algum sonho do qual não gostaria de se esquecer? Então, apresente-o na forma de uma carta, direcionada a você mesmo quando adulto, para que seu sonho continue sendo sempre lembrado, até que seja realizado.

Para Vivina de Assis Viana, pela ideia.
Para Roberto Scliar, pelo título.

Sumário

Um garoto misterioso 7

A história se complica 14

Achamos uma pista 21

Missão (quase) impossível 34

Trazendo um pai de volta 45

"Um livro só pra mim" 52

O grande livro do mundo 59

O autor 61

Entrevista 63

Um garoto misterioso

Desde a infância morei numa casa de bairro, uma casa grande com um pátio cheio de árvores onde eu brincava. Era um lugar agradável, e por mim ali ficaríamos para sempre, mas então começaram os assaltos em nossa rua e meu pai achou que devíamos nos mudar, e fomos para um edifício. Enorme: cento e vinte apartamentos. Os moradores eram pessoas de classe média, funcionários, representantes comerciais, pequenos empresários, gente boa. Havia, claro, uns tipos esquisitos, como um homem que usava uma enorme peruca avermelhada e um outro que falava com Deus (só aos domingos). Mas a garotada era ótima; de imediato fiz muitos amigos. Nós nos reuníamos no *playground* (meio deteriorado) ou no salão de festas (idem), ficávamos ouvindo música, conversando... e namorando: garotas bonitas ali não faltavam.

Meu pai não gostava muito do que chamava vadiagem. Nisso ele se mostrava perfeitamente identificado com meu avô, um pequeno fazendeiro do interior, homem severo, de ideias moralistas das quais minha mãe fazia troça – professora de ciências, ela sempre foi muito mais avançada do que meu pai. Da mesma forma que minha irmã mais velha, que hoje é uma jornalista muito conhecida. Nas brigas com meu pai (raras, pois vivíamos muito bem em família), elas sempre me davam força. Mesmo porque eu não me saía mal nos estudos, ao contrário, era um aluno razoável. De modo que podia continuar convivendo com a turma.

Grande turma aquela, e muito unida. Isso não quer dizer que fôssemos um grupo fechado; aceitávamos com prazer caras novas. Mas com o João foi diferente. Em primeiro lugar, era um tipo estranho: magro, espinhento, óculos enormes, roupas esquisitas, feias. Depois, parecia despertar uma irritação gratuita nas pessoas. Fernanda, por exemplo, implicou com o nome:

— Que coisa fora de moda — comentou. De fato, não tínhamos nenhum João na turma; Rodrigos (eu era um deles), Marcelos, Rafaéis, havia muitos, mas João, nenhum. Só descobrimos o nome dele depois de umas semanas, e isso porque o Marcelo Gordo (havia ainda o Marcelo Magro e o Marcelo Tatuagem) resolveu lhe perguntar, num dia em que o encontramos na porta do prédio. Até então não falara com ninguém, nem sequer cumprimentava as pessoas. Nessa ocasião não foi diferente: queríamos saber mais dele, fizemos perguntas, e ele respondia com monossílabos ou não respondia. Por fim murmurou um "até logo" e foi-se embora, deixando-nos perplexos.

— Rapazinho nojento — disse a Fernanda com desprezo, mas eu não estava muito de acordo. Para mim, não era por se achar superior que João não respondia às perguntas. Ao contrário, minha impressão era que se tratava de um cara angustiado, com muitos problemas. Andava sempre sozinho. Sozinho ia para o colégio, sozinho voltava; entrava no prédio sem falar com ninguém, ia direto para o apartamento em que morava com a mãe.

A mãe... a mãe também era uma mulher estranha. Muito sofrida, notava-se. Podia ter sido bonita, mas agora tinha uma expressão amargurada, ansiosa. Embora fosse um pouco mais expansiva que o filho — pelo menos dirigia algumas palavras aos vizinhos —, também não era de muito papo. Saía cedo para o trabalho — era caixa de uma grande loja no centro —, voltava tarde, ia direto para o apartamento. Não saíam nunca: nos fins de semana ficavam em casa, ela ouvindo música (boleros, essas coisas antigas) e ele lendo, como constatávamos espiando pela janela.

Muito esquisitos. Agora, em todo lugar do mundo, as pessoas, mesmo esquisitas, têm o direito de ser deixadas em paz. No nosso prédio isso não acontecia. Por causa do Rafael, digo.

Conhecem essas pessoas que sabem de tudo, que estão por dentro das fofocas, que se metem na vida de todo o mundo? Pois o Rafael era assim. Até mesmo os adultos admiravam a capacidade que tinha de descobrir os segredos mais bem guardados. Para isso contava com uma verdadeira rede de informantes: as faxineiras, os garotos menores, o pessoal do supermercado, o encanador, o eletricista. E se dedicava: queria ser investigador, desses investigadores que aparecem em filmes e deslindam tramas complicadas. Via todas as séries do gênero na tevê, lia revistas de crime e tinha até algum equipamento: um minúsculo gravador, um *walkie-talkie*.

Para o Rafael, João era um desafio. Quem seria o pai dele? Na nossa turma, muitos eram filhos de pais separados: a maioria morava com a mãe, como o João, mas os pais vinham buscá-los pelo menos no fim de semana. O pai de João não aparecia nunca, não sabíamos nem quem era; talvez fosse desses que não assumem a paternidade. Talvez tivesse morrido. O certo é que Rafael não conseguia descobrir, o que o deixava maluco. Aliás, nem do próprio João ele sabia muito; seus informantes tinham fracassado nesse caso, e ele não se conformava:

— João tem um segredo, Rodrigo. Eu sei que tem. E vou descobrir que segredo é.

Eu não dizia nada. Contentava-me em observar o João. Isso, aliás, foi uma coisa que aprendi com minha mãe, uma grande observadora. A observação é fundamental, repetia. Desde criança queria ser pesquisadora, trabalhar num grande laboratório. Não conseguira; tinha esperança de que eu realizasse esse sonho. Pesquisa, porém, não era coisa que me atraísse; observar, sim. Não plantas ou animais, mas, sim, pessoas. E o João me interessava. A turma achava-o arrogante, mas notei que não nos ignorava tanto quanto parecia; na verdade, quando passava lançava-nos olhares furtivos, como se estivesse procurando alguém. Logo descobri quem atraía sua atenção: Fernanda.

Dificilmente um rapaz e uma garota contrastariam tanto quanto aqueles dois. Ela, alta, bonita, cabelos e olhos escuros, sorriso verdadeiramente sedutor; ele não chegava a ser baixinho, mas mal atingia o ombro dela; era magro, desajeitado e tinha uma dentuça que aparelho algum corrigiria. Figura lamentável, dizia meu pai, que era implacável em suas avaliações:

— Esse menino tem cara de derrotado.

"Derrotado", para meu pai, era uma categoria irrecuperável; gerente de empresa, ele tinha sob seu comando duzentos funcionários e não hesitava em despedir os "derrotados". Só queria gente agressiva, ambiciosa. Minha mãe, que era muito diferente dele (o que os atraíra sempre foi um mistério para mim, mas sem dúvida aquele era um casamento que dera certo), mostrava-se mais tolerante:

— O garoto tem problemas, coitado. Ele precisa é de ajuda.

Eu concordava, e até estaria disposto a fazer alguma coisa pelo pobre João, mas o quê, exatamente? Apresentá-lo a Fernanda? De que jeito, se ele não falava com ninguém?

E então aconteceu aquela coisa surpreendente. Uma noite — já era bem tarde — eu e Fernanda estávamos conversando no *playground*; tínhamos voltado de um *show* musical (um grupo novo, Os Abomináveis) e era sobre isso que falávamos, sobre a enlouquecida música deles.

Chegou o João. Morava no bloco de trás do edifício, e para chegar lá tinha de passar pelo *playground*, um trajeto que habitualmente ele fazia, como eu disse, sem sequer olhar para os lados.

Naquela noite, porém, foi diferente. Por quê? Por causa de Fernanda, que, menina bonita, estava excepcionalmente linda naquela noite, com uma blusa de decote audacioso? Ou por causa da lua cheia que iluminava a cidade? Não sei. O certo é que ele já tinha passado por nós, quando de repente parou, hesitou um segundo e em seguida veio em nossa direção. Fiquei tão surpreso que interrompi no meio o que estava dizendo (e que já nem lembro; também não tem muita importância). Já Fernanda, manhosa como ela só, optou por sorrir:

— Mas olhem só quem está aqui! A que devemos essa honra? À lua cheia?

Desconcertado, meio aturdido até, João gaguejou uma frase qualquer; disse que estava sem a chave do apartamento, perguntou se não tínhamos visto a mãe dele.

— Mas ele fala! — Fernanda não dava trégua. — O nosso amigo aqui fala! Que coisa, Rodrigo! Eu até pensava que ele era mudo!

A essa altura resolvi intervir, porque o desconforto do pobre estava me incomodando. Disse que sim, que havia visto a mãe dele, que ela já tinha chegado e estava no apartamento (o que ele certamente sabia). E, para ajudá-lo a sair da situação embaraçosa, perguntei se estava voltando do *show* dos Abomináveis. Abomináveis? Não, não tinha ido lá, nem sabia do que se tratava.

— Estou completamente por fora dessas transas — admitiu.

Fez-se um silêncio embaraçoso, que Fernanda novamente se encarregou de romper, com aquela desenvoltura que era sua marca registrada:

— Mas escuta: quem é você, afinal? Nada sabemos de sua vida. Você entra e sai, não fala com ninguém, mal cumprimenta as pessoas. O que é que há com você? Está de mal com a vida?

Tive pena do rapaz. Ali estava ele, olhando-nos com jeito de cachorro acuado; eu ia intervir — deixa pra lá, Fernanda, o João é tímido —, mas de súbito uma extraordinária transformação se operou nele; a fisionomia se animou, um brilho diferente surgiu em seu olhar e ele começou a falar. E aí falou, falou... Horas, segundo constatei depois, mas para nós o tempo não parecia passar, pois o escutávamos surpresos (surpresos e encantados), Fernanda e eu. Primeiro contou sobre a família de sua mãe: gente tradicional, um tataravô tinha sido até barão e deixara um diário contando as fofocas na corte do Rio de Janeiro; um bisavô celebrizara-se como inventor; quanto ao avô, fora um médico famoso.

— Como meu pai.

Fez uma pequena pausa, saboreando nosso assombro, e aí entrou na parte mais fascinante da história.

O pai, médico, dedicara-se de início à cirurgia plástica, com grande sucesso.

— Volta e meia ele me levava ao hospital, eu ficava olhando as operações por um vidro, junto com os estudantes de medicina. Gente, vocês nem imaginam a admiração que eles tinham por meu pai. E até me diziam: "Que inveja eu tenho de você, um dia você vai herdar a clínica de seu pai".

Mas então sobreveio uma súbita mudança: o pai, que era alegre, expansivo, tornou-se um homem quieto, pensativo.

— Nós sempre perguntávamos o que estava acontecendo, minha mãe e eu. Não respondia, mudava de assunto. Até que um dia desabafou: não estava satisfeito com sua carreira, queria mudar, trabalhar com os pobres, com os carentes. Queria ser médico dos índios.

Os índios estão sendo exterminados, ele dizia, ninguém cuida deles. Achava que como médico tinha essa obrigação.
— E você? E sua mãe? — Fernanda, assombrada. — Na certa ela era contra.
— É, ela ficou surpresa. Mas eu apoiei a ideia. Arrumamos as malas e fomos para a Amazônia. Não para Manaus; não, fomos viver lá no meio dos índios. Meu pai cuidava deles, até cirurgia fazia, num hospital de campanha que ele mesmo comprou.
— E você? — perguntei. — Não estranhava aquela vida no meio dos índios?
— No começo, sim. Depois fui me acostumando. E sabem por quê? Porque eu tinha um amigo, um grande amigo. Um indiozinho chamado Irapi. Ele me ensinou tudo sobre a floresta: sabia reconhecer as plantas úteis e as plantas venenosas, sabia o nome de cada pássaro, de cada bicho. Ensinou-me a caçar e a pescar. Nós saíamos de canoa, descíamos o rio, ele entoando aquelas canções indígenas, e íamos acampar nuns lugares que só ele conhecia. E aí pescávamos peixes enormes, pirarucus, surubins...
Aquilo tudo era fantástico — e, confesso, me dava inveja. Quem diria que aquele garoto magro, feio, de aparência insignificante, tinha vivido uma aventura tão notável? Claro, eu já tinha acampado, mas só na praia, num fim de semana. O que ele estava me contando era um verdadeiro sonho.
— E por que voltaram de lá?
Ele suspirou.
— Porque o meu pai morreu.
Hesitou um instante e continuou:
— Ele... Ele foi assassinado. Pelos capangas de um fazendeiro que queria as terras dos índios. Meu pai sabia das sacanagens que ele andava tramando, ameaçou levar o bandido à justiça. E então liquidaram o coitado. De emboscada no meio do mato. Ele tinha ido atender a um índio que quebrara a perna, os capangas armaram uma emboscada e mataram meu pai com mais de vinte tiros.
— Que horror — murmurou Fernanda, sinceramente consternada.
— Pois é — disse ele, com voz embargada —, mataram o meu pai. Aí nós voltamos, primeiro para São Paulo, depois viemos para cá.

Minha mãe até hoje não se recuperou do choque, nem fala sobre o assunto. E eu... Eu...
Começou a chorar convulsivamente. Num impulso, abracei-o:
— Puxa, rapaz, a gente não sabia de nada. Mas nós estamos com você. Daqui em diante, seremos seus amigos, pode confiar em nós.
Ele enxugou os olhos, sorriu.
— Muito obrigado, Rodrigo. Muito obrigado, Fernanda. Agora vocês sabem por que eu falo tão pouco. É uma carga muito pesada, a minha. E eu...
— Não diga mais nada — interrompeu Fernanda, condoída. — A gente compreende.
Ele a olhou, tão ansioso e ao mesmo tempo tão feliz, que não tive dúvidas: estava, mesmo, apaixonado.
— Verdade, Fernanda? Você me compreende?
— Mas claro que sim.
— O que é que vocês estão fazendo aí a esta hora?
Era meu pai, claro. No seu roupão cor de vinho (meu pai tinha dessas coisas: roupão cor de vinho), descera para ver onde eu andava. E de imediato começou um discurso: era uma pouca-vergonha jovens de boa família ficarem na rua até tarde, por essa e por outras eu andava mal nos estudos, eu nunca seria nada na vida. João e Fernanda ouviam, meio assustados, mas eu, que estava acostumado com aquelas tempestades, não dei muita bola; sabia que aquilo tinha muito de encenação. Meu pai adorava os filhos.
— Já vou, papai. Pode ir que eu subo em seguida.
Ele se foi bufando.
— Não liguem — eu disse —, amanhã está tudo numa boa. — E para o João:
— Bom, agora você é da nossa turma, não precisa mais ter segredos conosco. Não é mesmo, Fernanda?
— Claro que é — disse Fernanda.
João olhava-a fascinado. Despedimo-nos e subimos. Fui para a cama, mas não conseguia dormir; as histórias do João tinham mesmo mexido comigo, eu me virava de um lado para outro na cama, insone.
Por fim adormeci, e acho que devo até ter sonhado, mas se sonhei esqueci. Este é o problema: a gente esquece os sonhos, não é? A gente esquece os sonhos.

A história se complica

No dia seguinte não se falava de outra coisa no prédio. Então o rapaz esquivo, misterioso, tinha contado sua história! E era uma história sensacional! À tarde, a turma se reuniu no *playground*. Todos queriam saber detalhes de nossa conversa, que Fernanda se encarregou de narrar; estava radiante, gostava de ser o centro das atenções. Eu, ao contrário, não tinha nenhuma vontade de falar sobre o assunto. Em primeiro lugar, aquilo me parecia mais que uma indiscrição, parecia uma traição — afinal, fora uma espécie de confidência que o João nos fizera. Mas não era só isso. Ouvindo Fernanda, eu me dava conta do fantástico da história. Não seria aquilo invenção de um garoto perturbado, infeliz?

Rafael também se mostrava inquieto, mas por outras razões. Estava com ciúmes de Fernanda, de quem tinha uma bronca antiga. E, ou por causa disso, ou por causa do seu famoso faro, repetia a todo momento:

— Não sei. Essa história não fecha. Para mim, essa história não fecha.

O resto da turma, porém, não compartilhava de tal desconfiança. A figura do João agora despertava simpatia: descobria-se enfim por que era tão arredio, tão esquisito.

— Você não presta, Rafael — dizia o Marcelo Gordo. — O pobre do rapaz tem razões para ser calado. Eu, no lugar dele, também não falaria muito.

Nisso apareceu o João, que voltava do colégio. Fernanda o chamou:

— Você chegou na hora. O Rafael aqui está duvidando da história que você nos contou ontem. Diz pra ele: é ou não verdade que você morava no meio do mato com os índios?

Ele parou, olhou para ela, olhou para mim — e eu senti um calafrio. Pela expressão do seu olhar, digo. Uma mistura de dor, de raiva, de angústia — mas também de desprezo, de orgulho. Não disse nada, entrou no prédio.

— Garoto nojentinho — disse Fernanda, surpresa e irritada. — Ontem veio nos procurar, ninguém pediu que ele falasse, ele falou, contou uma história que parecia novela de tevê; hoje, eu chamo o cara numa boa, faz que não ouve, vai embora. É maluco, gente. Vocês não acham?

O pessoal ria. Eu não estava achando graça. Para mim, alguma coisa tinha acontecido, alguma coisa que eu não sabia dizer o que era, mas que parecia séria; Fernanda fora inábil, grosseira até, faltara-lhe sensibilidade para lidar com os sentimentos de um garoto muito, muito complicado. Quanto a Rafael, gozava o triunfo; claramente achava que Fernanda fora publicamente humilhada, e ele gostava de ver Fernanda humilhada. Mas não estava completamente satisfeito. Afinal, qual era a verdadeira história de João?

— Não fecha — repetia. — Para mim, essa coisa não fecha.

Ficamos por ali mais um pouco, depois fomos todos para casa jantar. Noticiário, novela, etc., eu já ia até para a cama quando soou a campainha.

— A esta hora! — resmungou meu pai. — Quem será?

— Não abre — disse minha mãe, que tinha um medo terrível de sequestros. Um medo um tanto absurdo, pois ricos não éramos e os sequestradores conosco não teriam lucro. Mas minha mãe estava convencida de que estávamos na lista de todas as quadrilhas. Meu pai não tinha desses medos:

— Deve ser o síndico, reclamando qualquer coisa. Esse síndico é um chato.

Abriu a porta.

Era a mãe de João. Seu aspecto era de fazer dó: desalinhada, despenteada, os olhos vermelhos — tinha chorado muito, via-se.

— Boa noite — disse, numa voz ainda embargada. — Posso falar com seu filho?

Meu pai estava longe de ser um homem compreensivo. Olhou o relógio — eram quase onze horas –, suspirou.

— Entre — disse por fim. — E sente, por favor.

— A senhora gostaria de tomar alguma coisa? — Minha mãe, sempre compassiva. — Um chá, talvez? Posso preparar num minuto, não é trabalho algum.

Ela hesitou:

— Bem... Se não é incômodo...

— Incômodo nada. É um prazer. Sente, por favor.

Ela sentou. Meu pai, contrariado — não gostava de ser interrompido quando via futebol na tevê –, desligou o aparelho e sentou também. Esforçando-se, conseguiu produzir um sorriso (uma careta, eu diria) e tentou a contragosto assumir o papel de anfitrião, começando, naturalmente, pelo tempo:

— Friozinho, não é?

— É... — Ela também fazia força para conversar com naturalidade. — Parece que o inverno vem chegando.

— Eu gosto do inverno. E a senhora? A propósito, não sei o seu nome. Eu sou o Martins.

Estendeu a mão, que ela apertou, solene.

— Meu nome é Maria Helena — suspirou. — Maria Helena Cristiano Alves.

— Prazer.

Fez-se um silêncio tenso, embaraçado. Felizmente minha mãe vinha entrando com o chá:

— Pronto, vizinha. Aliás, não sei o seu nome, ainda não fomos apresentadas, é tanta gente aqui no prédio que...

— Maria Helena — disse meu pai, impaciente. — O nome dela é Maria Helena. E minha senhora se chama Laura.

— Ora, Martins — como todo o mundo, ela tratava meu pai pelo sobrenome —, eu sei me apresentar, você não precisa falar por mim.

Uma repreensão, claro, mas minha mãe, mulher sábia, fazia-o com bom humor, de maneira a não humilhar nem magoar meu pai, sobretudo na frente de visitas.

A mãe do João pegou a xícara. Tremia tanto que chegou a derramar o líquido na blusa. Minha mãe acudiu com o guardanapo.

— Não precisa, não precisa...

Começou a chorar. Era uma coisa patética, nós não sabíamos o que fazer nem para onde olhar, meu pai e eu. Minha mãe sentou-se ao lado da mulher, tentou acalmá-la. Ela soluçava convulsivamente. Por fim acalmou-se, respirou fundo, enxugou os olhos, perguntou se poderia falar comigo a sós.

— Claro — disse minha mãe. — Fique à vontade. Vamos, Martins.

Meu pai (mas o que mais lhe aconteceria naquela noite?) levantou-se. Os dois saíram, fechando a porta atrás de si. Ali ficamos, a mãe do João e eu, sentados, num silêncio que a mim parecia tenso, embaraçoso. Que situação!

Ela respirou fundo.

— Ai, Rodrigo, eu preciso tanto de sua ajuda. Se você soubesse as coisas que tenho passado...

Escondeu o rosto entre as mãos. Aflito, temendo que começasse a chorar de novo, apressei-me a confortá-la: eu estava ali para ouvi-la, mais que isso, para fazer tudo o que estivesse a meu alcance no sentido de ajudá-la, ela podia confiar em mim.

— Você é um bom rapaz, Rodrigo — disse, assoando-se com o lencinho. — Aliás, o João falou mais de uma vez: o Rodrigo é muito bom, eu gostaria de ser amigo dele.

— Não há problema — retruquei, afoito. — É só ele se aproximar da gente e...

— Não é bem assim. — Ela sacudiu a cabeça, num gesto de desamparo. — Antes fosse tão fácil, mas não é. O João é um menino muito... muito difícil, Rodrigo. Muito sensível, muito voltado pra dentro dele mesmo. E pessoas assim sofrem muito, Rodrigo, posso lhe garantir. Conheço a vida, Rodrigo, sei do que estou falando. Não tenho diploma, interrompi os estudos para trabalhar, mas experiência é coisa que não me falta. O João sofre muito e vai sofrer ainda mais, a menos que a gente possa evitar. E é por isso que estou aqui, a esta hora, incomodando vocês.

— Não é incômodo — eu disse, no mesmo tom de minha mãe. — Eu gosto do João, e o que puder fazer por ele, farei. Mas diga, dona Maria Helena...

— Pode me chamar só de Maria Helena, não há necessidade de cerimônia.

— Pois é, Maria Helena... — Aquela familiaridade me perturbava um pouco, eu estava acostumado a tratar as mães de meus amigos de "senhora", ou, pelo menos, de "tia". — Eu quero saber se aconteceu alguma coisa.

— Você é que tem de me dizer, Rodrigo.

— Eu?

— E quem mais? Eu cheguei em casa pelas oito, a porta do quarto dele estava fechada, bati, não me respondeu, fiquei aflita, pensei até que ele estava doente, que tinha desmaiado, comecei a gritar como louca, ele então me respondeu lá de dentro: "Vá embora, não quero falar com você, não quero falar com ninguém, quero morrer".

Agarrou-me o braço, transtornada:

— Mas o que aconteceu, Rodrigo? O que aconteceu para ele ficar assim de repente? Como eu lhe disse, o João é um menino problemático, tem suas crises. Mas ele nunca fez uma coisa dessas, Rodrigo. Ele nunca falou em... morrer, Rodrigo. Meu Deus, eu fico aterrorizada só de pensar. Me ajude, Rodrigo, por favor, me diga: o que pode ter acontecido?

Eu agora estava francamente alarmado, mas pensei em minha mãe, em sua coragem diante do infortúnio (como na vez em que meu pai foi baleado por um assaltante na rua e foi para o pronto-socorro muito mal) e respirei fundo:

— Calma, Maria Helena, calma, tudo vai se resolver. O que pode ter acontecido? Bem, eu não sei. Ontem à noite nós conversamos muito, o João, a Fernanda e eu. Ele até me surpreendeu, pensei que não falava, que era tímido, mas não, ele falou bastante. Agora, hoje à noite...

Contei o que tinha sucedido.

— Deve ter sido isso — disse ela, pensativa. — Alguma coisa decerto o perturbou. Essa história com a Fernanda... Não sei, talvez ele esteja apaixonado. Ele não me contou nada, aliás ele não conta quase nada, mas isso bem pode ter precipitado tudo.

Levantou-se:

— Você me acompanharia até o apartamento, Rodrigo? Talvez você possa convencê-lo a sair do quarto, a comer alguma coisa, ele nem jantou.

— Claro. Eu vou, sim.

Abri a porta, chamei meus pais.

— A Maria Helena já está indo. E eu vou até lá, ver o que aconteceu com o João.

Maria Helena? Meu pai franziu a testa: não gostou daquele tratamento, para ele, desrespeitoso. Além do mais, era tarde, eu tinha aula no outro dia. Mas, ajudado pelo olhar cúmplice de minha mãe, ignorei o seu ar reprovador e acompanhei Maria Helena. Meio angustiado, claro — aquela cena toda tinha me abalado —, mas pronto para agir, se fosse necessário. Se imaginava, contudo, que teria de arrombar a porta do quarto de João, como a gente às vezes vê nos filmes, estava enganado. Quando Maria Helena abriu a porta ele estava lá, sentado, imóvel, no *living*. A mãe, aliviada, correu para ele: graças a Deus, João, eu já estava preocupada — aquela coisa toda. Nem se mexeu. Continuou ali sentado, como se nada tivesse acontecido. Nem sequer me cumprimentou; eu é que me dirigi a ele: "Oi, João, como é que está, tudo bem com você?". Queria, claro, puxar um papo, mas ele não estava a fim. Não estava nem um pouco a fim. A mãe percebeu; e, quando eu disse "Bom, então vou indo", ela saltou:

— Eu acompanho você.

No corredor se desculpou muito.

— Quero que você compreenda: ele é um menino difícil, já passou por maus momentos.

— É, ele me falou de seu falecido marido, o médico...
Ela me olhou com estranheza:
— Falecido? Não. Meu marido está vivo. E não é médico; ele...
Vacilou. Era muito duro para ela falar naquele assunto, via-se; além disso eu estava longe de ser o confidente ideal; não passava de um garoto, a quem ela mal conhecia. Forçou, pois, um sorriso:
— Deixa pra lá. Não vale a pena falar disso. O pai de João está vivo, sim. Mas nós não o vemos há muitos anos. Eu me separei quando o João ainda era nenê... Foi duro. Mas agora já passou.

Eu queria perguntar mais sobre aquele pai, quem era, onde morava, se tinha outra família. Estava certo de que aquilo tinha tudo a ver com os problemas do João; para mim era óbvio que qualquer ajuda seria impossível se o pai não participasse. Mas não havia a menor condição para fazer perguntas. Além disso era tarde, ela estava cansada, e meu pai deveria estar me esperando, impaciente. De modo que me despedi — estou à disposição, qualquer coisa é só me avisar, etc. — e voltei para o apartamento. Para minha surpresa, papai estava radiante; conseguira ver o final do jogo, seu time marcara o gol da vitória no último instante.

— Ganhamos, Rodrigo! Ganhamos!
Olhou-me, intrigado:
— O que há com você? Parece que viu um fantasma! Aconteceu alguma coisa com o garoto, aquele, o... o...
— João — eu disse. — O nome dele é João. Não, não aconteceu nada. Eu é que estou cansado, vou me deitar.
— Não quer ver o compacto?

Não, eu não queria ver o compacto. Queria pensar sobre aquela situação, queria tirar conclusões, e a cama me parecia um bom lugar para isso. Mas, diferente da noite anterior, adormeci quase instantaneamente. Eu acho que, na verdade, queria mesmo era esquecer. Largar mão.

Achamos uma pista

Eu talvez pudesse mesmo esquecer, largar mão. Não quer falar comigo, João? Não fala. Fica aí curtindo a esquisitice.

E largar mão do João não seria difícil. Morávamos no mesmo prédio, sim; mas, e daí? Vizinhança não implica obrigação, nem amizade, nem nada. Havia muita gente ali — adultos, digo — que nem sequer me cumprimentava. E nem era por falta de educação. Simplesmente não prestavam atenção. Por causa dos seus problemas, decerto. Dificuldades financeiras, brigas com o patrão, essas coisas. Eu entendia, não ficava magoado. Da mesma forma, poderia esquecer o João.

Mas havia alguém que não o esqueceria, nem me deixaria esquecer.

Rafael, claro. Cada vez que o João passava por nós — sem nos olhar, obviamente —, ele sacudia a cabeça: "Aí tem coisa". Fernanda irritava-se: "Você é metido mesmo, Rafael. Deixa esse cara, ele é complicado demais, é muito chato".

Mas Rafael não desistiria. Uma tarde — eu estava em casa, com febre — o telefone tocou. Era ele, excitadíssimo.

— Fiz uma descoberta sensacional, Rodrigo!
— Rafael, eu estou doente, gripado...
— Esquece a gripe. Escuta só o que eu vou te ler. Está escutando? Lá vai: "Os índios admiravam muito o meu pai. Ele não é como os outros médicos dos brancos, diziam, ele largou o conforto da cidade e veio para cá, cuidar da gente. E meu pai amava os índios. Muitas vezes sentava com eles à noite, junto à fogueira, ouvindo suas histórias e lendas. Mas no outro dia lá estava, fazendo cirurgia no hospital de campanha que ele comprara com seu dinheiro".
Pausa.
— Isso não te diz nada? — ele, triunfante.
— Não... — Eu estava meio tonto, e irritado. Mas ele não se dava por achado:
— Espera, vou te ler outro pedaço. Onde é que está? Porra, me perdi.
Eu ali, esperando. Finalmente, leu:
— "Eu tinha um amigo, um grande amigo. Um indiozinho chamado Irapi. Ele me ensinou tudo sobre a floresta; sabia reconhecer as plantas úteis e as plantas venenosas, sabia o nome de cada pássaro, de cada bicho. Ensinou-me a caçar e a pescar. Nós saíamos de canoa, descíamos o rio, ele entoando aquelas canções indígenas, e íamos acampar nuns lugares que só ele conhecia. E aí pescávamos peixes enormes, pirarucus, surubins..." E então?
Sim, eu já tinha ouvido aquilo, mas... onde? Zonzo da gripe, eu não conseguia raciocinar direito.
— Onde é que você está, Rafael?
— Adivinha.
— Como é que vou adivinhar? Diz logo e não enche o saco.
— Adivinha.
— Eu vou desligar, Rafael.
— Na biblioteca, Rodrigo! — Ele, triunfante. — Na biblioteca do colégio! Quando é que você me viu aqui, Rodrigo? Nunca. Você sabe que eu fujo destes livros como o diabo da cruz, só leio aquilo que a professora diz que é para ler, e olhe lá. Mas aí, no recreio, eu ouvi um cara comentando um livro. É sobre um garoto que vai viver entre os

índios, ele disse. Acendeu uma luzinha na minha cabeça. Perguntei qual o livro, vim voando para a biblioteca, comecei a ler. Entre parênteses, sabe que gostei? O sujeito escreve bem, a história prende a gente. Ele...

— Que sujeito, Rafael?

— O autor do livro. Este livro que está comigo. Isso que eu li — não te diz nada?

Pensei um pouco. Surubins, pirarucus...

— Mas é a história do João! A história que ele nos contou naquela noite!

— Ah, finalmente você se deu conta! Só que não é a história do João. É a história que o João leu — neste livro. Que, aliás, nem é muito procurado, eu vi pela ficha da biblioteca. Se o cara no recreio não tivesse falado a respeito, eu nunca descobriria nada.

Mas o que é que ele tinha descoberto? Que o João contara a história de um personagem de livro como se fosse a dele?

— Não vejo nada de mais nisso, Rafael. O garoto nos engambelou, só isso. E vai ver que nem foi por mal. Ele é complicado, e caras complicados têm dessas: leem os livros e depois contam a história como se tivesse acontecido com eles.

— Você acha? — O tom irônico dele não me passava despercebido.

— Claro que sim.

— Pois eu tenho um palpite, Rodrigo. Um palpite muito forte. Acho que o João tem alguma coisa a ver com o autor deste livro.

Nova pausa, desta vez muito mais dramática:

— E se esse cara, o escritor, fosse o pai do João?

Aquilo era demais, estava parecendo filme do madrugadão, daqueles bem complicados.

— Essa não, Rafael.

— Por que não? — reagiu ele ofendido. — Nós não sabemos nada sobre o pai do João. Ele não pode ser um escritor?

— E como é o nome desse escritor?

— Brandão Monteiro.

— Não tem nada a ver com o João. O sobrenome dele é Alves.

— Esse é o sobrenome da mãe. O do pai pode ser diferente.

— Bem, mas de qualquer jeito não temos como descobrir. O João nem sequer fala com a gente. E para a mãe dele eu não vou perguntar. Ela está separada do marido, tem uma bronca com ele, não dá nem para tocar nesse assunto.

— Há uma pessoa que pode nos informar. — De novo, o tom misterioso.

— Quem, Rafael?

— Brandão Monteiro.

— Você não está me dizendo...

— É exatamente o que estou dizendo. Vamos procurar o Brandão Monteiro.

— *Vamos*, Rafael? Você está louco. Nessa eu não me meto de jeito nenhum. Você tem mania de detetive e eu sou obrigado a acompanhar? Você pensa que eu sou o... o... aquele que era amigo do Sherlock Holmes, como era mesmo o nome dele?

— Watson.

— É. Você pensa que eu sou o Watson? Você está muito enganado, Rafael. Para começar, você não tem o endereço do homem, não sabe se ele mora aqui, no Amazonas ou em Marte, não sabe nada.

— Mas tenho como descobrir.

— Ah, tem? E eu posso saber como é que o Sherlock Holmes local vai fazer isso?

— Simples: perguntando na editora. O que é muito fácil. Na verdade, facílimo: a editora fica aqui perto. Uns quinze minutos de ônibus, se tanto.

— E você vai lá?

— Vou. Agora.

— Muito bem. Desejo que você seja bem-sucedido. E agora me deixe descansar.

— Nada de descansar. Você vai comigo.

— Rafael, eu já disse: estou doente, com gripe. O que é que você quer? Que eu apresente um atestado médico?

— Ora, Rodrigo, não me venha com essa. No torneio de basquete você jogou com febre de quarenta graus. Não é por uma gripezinha qualquer que você vai me abandonar, não é?

Suspirei. Este sempre foi o meu problema: não sei dizer não, principalmente quando se trata de amigos. E, no caso, dois amigos estavam envolvidos: Rafael, naturalmente, e — e isto era o principal — João (mas ele era amigo? Era, sim: amigo diferente, mas amigo).

Rafael tinha razão, chegar ao pai de João poderia ser importante para o garoto.

— Está bem. Me encontre na entrada do prédio em quinze minutos.

— Não. Eu vou aí na sua casa. Temos de preparar uma coisa, antes de irmos à editora.

— Que coisa, Rafael?

— Chegando aí eu explico. Você tem máquina de escrever, não tem?

— Tenho. Mas que raio...?

— Estou indo aí. Até já.

Dez minutos depois a campainha soava. Era ele, ofegante:

— Vim correndo. Mas vamos lá, quero te explicar o plano.

Tirou da mochila o livro. A capa mostrava um garoto e um indiozinho pescando. O título: *Irapi, meu amigo*.

— Conhece?

Eu nunca tinha visto aquele livro. Comecei a folheá-lo e fiquei surpreso: eu, que também não era de ler muito, estava gostando.

— Parece uma bela história, Rafael. Escreve muito bem, esse Brandão Monteiro.

Ele tirou-me o livro das mãos.

— Muito bem, terminou a sessão de leitura. Agora vamos ao trabalho. Onde é que está a máquina?

— Ali, na mesa. O que é que você quer fazer?

— Uma entrevista. Com o autor.

— Entrevista? — Eu não estava entendendo mais nada. — Quem é que pediu para fazer entrevista? A professora?

— Claro que não, cara. A entrevista é um pretexto, sacou? Ou você achou que nós iríamos à editora de mãos abanando, dizendo simplesmente: queremos falar com o autor? Não dá, cara. Precisamos de uma boa razão para falar com o homem. E uma boa razão é essa: temos de fazer uma entrevista, a professora pediu.

Não adiantava discutir. Sentei à máquina.

— O que é que você está esperando? — Ele estava impaciente. — Escreva logo as perguntas.

— As perguntas você é que faz. Você não é o detetive?

— Sou, Watson, sou o detetive. Mas você escreve melhor do que eu. A professora disse que o seu texto é muito bom, não disse? Disse até que você tem jeito pra ser escritor. Pode começar, cara.

Suspirei de novo.

— Bem, acho que a gente pode perguntar aquelas coisas de sempre. Onde é que o senhor nasceu, quando começou a escrever, quantos livros tem publicados, de onde tira ideias para suas histórias.

— É por aí — aprovou ele. — Faça uma meia dúzia de perguntas assim. Depois entre no tema que nos interessa. Pergunte se ele tem filhos, e, se tem, se os filhos leem os livros dele, algo assim.

Habitualmente não tenho dificuldades com essas coisas, mas fazer aquelas perguntas não foi fácil, sobretudo porque ele ficava o tempo todo me apressando:

— Vamos lá, cara, vamos lá, a editora já deve estar fechando.

Finalmente terminei. Vesti-me, deixei um bilhete para minha mãe ("Não se assuste, estou melhor, saí mas volto já.") e fomos correndo até a parada de ônibus.

De fato, a editora não ficava longe. Funcionava num antigo casarão. Na portaria, fomos atendidos por uma moça simpática, que nos encaminhou para o setor de divulgação. Ali, uma outra moça simpática, jornalista, perguntou o que poderia fazer por nós. Rafael falou sobre a entrevista, ela sorriu, abanou a cabeça:

— Não vai dar.

— Por quê? É para o colégio!

— O Brandão Monteiro não dá entrevistas. Não gosta.

Rafael insistiu:

— Mas nós precisamos falar com ele. Esta entrevista vale nota. Na verdade, é a nota do bimestre.

— Então acho que vocês terão de procurar outro escritor. O Brandão Monteiro não recebe ninguém. — Sorrindo comentou: — Nem eu, que sou encarregada de divulgar os autores, o conheço. Nunca falei com ele. Na verdade, nunca o vi.

— Quem sabe na lista telefônica... — arrisquei, assumindo o meu papel de Watson.

— Duvido. Brandão Monteiro não é o verdadeiro nome dele. É pseudônimo.

— Pseudônimo? — Rafael franziu a testa; tinha pretensões a investigador, mas seu vocabulário não era dos mais ricos. A jornalista percebeu:

— É, pseudônimo. Um nome que os escritores às vezes inventam, quando querem ficar anônimos.

— Uma espécie de codinome, então.

— É. Codinome. Mais alguma coisa, rapazes?

Rafael não se dava por vencido:

— Escuta... o nome verdadeiro desse Brandão Monteiro... não será por acaso Alves?

— Já disse que não sei — ela agora estava impaciente. — Vocês vão me dar licença, mas já é tarde, passa das seis, e eu ainda tenho coisas a fazer.

— Mas... — Rafael não se conformava, mas a moça não queria papo; delicadamente, mas com firmeza, foi nos conduzindo para fora, e fechou a porta. Ficamos ali no corredor. Eu estava furioso; a vontade que tinha era de bater no Rafael.

— Vamos embora — eu disse. A contragosto, me acompanhou. Mas não se daria facilmente por vencido. Deteve um funcionário que vinha vindo, carregando uma pilha de pastas:

— Desculpe... O senhor trabalha aqui?

— Trabalho — disse o homem, atrapalhado com as pastas.

— E... Já ouviu falar no Brandão Monteiro?

— Pelo amor de Deus, Rafael — eu não sabia onde me meter, aquilo era o cúmulo da cara de pau.

— Brandão Monteiro? Nunca ouvi esse nome.

— É escritor... Tem um livro publicado por esta editora, chama-se *Irapi, meu amigo.*

— Livros? — O homem sorriu. — Os únicos livros que conheço são os da contabilidade. Trabalho na administração.

— E o senhor conhece alguém que poderia nos dar essa informação?

O homem fez que não com a cabeça, tão vigorosamente que perdeu o equilíbrio e deixou cair a pilha de pastas no chão. Papéis espalharam-se por todo o corredor, e ele não pôde conter um palavrão:
— Levei uma semana para pôr em ordem essa coisa!
Rafael ainda tentou ajudá-lo, mas o funcionário já tinha tido sua dose:
— Podem deixar que eu junto. Eu só pediria que vocês se retirassem, a editora já fechou.
Fomos caminhando pelo longo corredor, passando por salas vazias. Apesar dos meus protestos, Rafael entrou em várias delas, buscando um indício qualquer, alguma coisa que revelasse o endereço do Brandão Monteiro. Não achou nada, mas não desistia da ideia:
— E se a gente desse um jeito de interceptar a correspondência da editora?
— Como? Você vai assaltar a agência do correio?
— Nada disso, espertinho. Acontece que tenho um tio que trabalha na agência aqui perto. Se por acaso é essa a agência que eles usam...
No mesmo momento, porém, já desistia da ideia:
— Não dá. O meu tio não me ajudaria, diria que isso é ilegal. Além disso, se Brandão Monteiro é... como foi que ela disse?
— Pseudônimo.
— É. Se é pseudônimo, então não adianta checar a correspondência. Talvez alguma outra pessoa da editora... Mas quem?
Nesse momento passávamos por uma sala cuja porta, como as outras, estava aberta. Rafael lançou um olhar lá para dentro. Seu rosto se iluminou. Puxou-me pelo braço:
— Rodrigo... Olha ali!
Era um arquivo de aço, que ele apontava. Numa das gavetas estava escrito "Autores".
Olhou para os lados: ninguém.
— Vigia a porta — cochichou.
— O que é que você vai fazer? — perguntei, alarmado.
— Fica frio. Vigia a porta e deixa comigo.
Foi até o arquivo, puxou a gaveta dos autores e começou a consultar febrilmente as fichas:
— Barros... Bezerra... Diabos, aqui não está.

Procurava a ficha do Brandão Monteiro! Era louco, mesmo, o cara. Vendo que não havia como tirá-lo dali, resolvi ajudar:

— Procura pelo sobrenome, cara! Pelo sobrenome!

— Claro! Como é que eu não me dei conta? As fichas estão pelo sobrenome.

De novo:

— Macedo... Martins... Monteiro! Está aqui: Monteiro, Brandão. Espera aí que eu vou anotar o endereço. Você tem um lápis aí?

Eu não tinha. Tensos segundos se escoaram enquanto ele procurava, nas gavetas de uma mesa, um lápis.

— Rápido, cara, rápido! — O meu coração batia acelerado, eu estava suando frio.

Ele pôs-se a anotar o endereço. Na sala da jornalista a luz se apagou.

— Anda logo com isso! — eu gemia, agoniado.

Finalmente — os passos dela já ressoando no corredor — ele terminou. Saímos os dois correndo como loucos. Precipitamo-nos escadas abaixo e só fomos parar no ponto do ônibus, duas esquinas depois. E aí nos deu um ataque de riso, aquele riso nervoso que sobrevém ao perigo: ríamos que nos matávamos, as pessoas que passavam nos olhando, assombradas. De vez em quando parávamos de rir, nos olhávamos — e começávamos de novo. Finalmente, enxugando os olhos, ele tirou o papel do bolso.

— Vamos ver o que eu anotei... Aqui está o endereço: Praia do Irapi, quadra 27, casa 12. Praia do Irapi. Que rua será essa?

Rua? Não era rua alguma. Era praia mesmo, uma pequena praia perdida no litoral. Eu sabia, porque tinha um colega que veraneava lá.

— Será — disse Rafael com ar incrédulo — que o cara mora numa praia? Mas por quê? Ele é escritor, não pescador.

Ponderei que, sendo o Brandão Monteiro escritor avesso ao público, decerto se refugiava num lugar onde tinha paz para escrever. Rafael não se convencia.

— Pode ser. Mas que é esquisito, é. Ainda mais numa praia pequena. Você imaginou um lugar desses agora, no inverno? Deve ser um deserto, as casas todas fechadas. Eu não me metia lá nem que me pagassem.

— Você não é escritor.

— Nem quero ser. Pra viver numa praia deserta? Prefiro trabalhar na limpeza pública aqui na cidade.

O ônibus vinha vindo. Entramos, sentamo-nos; não demorou muito, Rafael se mexeu no banco, inquieto. Pressenti que vinha coisa e fui avisando:

— Eu não vou lá. Nem pense nisso.

— Mas eu não disse nada! — ele riu.

— Não disse mas ia dizer. Eu conheço você, conheço suas manias. Aposto que você está louquinho para ir até lá falar com esse homem. Tudo bem, você pensa que é detetive. Mas não conte comigo. Watson se aposentou, meu caro.

— Mas, Rodrigo...

— Não tem "mas". Não vou e pronto. E se você insistir, brigo com você. Brigo mesmo.

Eu estava furioso, lembrando o risco que ele nos tinha feito correr na editora. Por outra assim eu não queria passar.

— Está bem — disse ele, resignado. — Se você não quer me acompanhar, eu desisto. Não posso me meter nessa sozinho. O assunto está encerrado, não se fala mais nisso.

O tom lastimoso era para me dar culpa, mas eu não estava disposto a ceder. Já tinha ido longe demais naquela história meio maluca. Um garoto vem morar no meu prédio; é um tipo esquisito, num dia faz confidências, no outro nem cumprimenta. Aí, um amigo metido a investigador acha que ele pode ser filho de um escritor que mora lá onde o diabo perdeu as botas, e quer visitá-lo... Para quê, mesmo? Só para saber se a hipótese está correta? Para promover uma reconciliação entre os dois? Não, aquilo era demais. Além disso, naquele momento eu estava particularmente irritado: gripado, com dores pelo corpo, sacolejando num ônibus em vez de estar em casa, na cama, como qualquer pessoa de bom-senso.

O bom-senso, hoje me dou conta, é um refúgio conveniente, mas nem sempre garantido. Às vezes o destino intervém, e sempre o faz de maneira surpreendente. Um dia, na semana seguinte, quando voltei do colégio minha mãe me recebeu com fisionomia tensa. Tinha uma má notícia:

— Você sabe quem está no hospital? Aquele seu amigo, o João. Pneumonia. E parece que é coisa séria.

Larguei a mochila e fui direto para o hospital. No corredor encontrei Maria Helena. Atirou-se em meus braços, chorando.

— Ai, Rodrigo, que desgraça, que desgraça...

Aos poucos, foi me contando. Aparentemente, tudo tinha começado com uma gripe — aquela gripe de inverno que estava pegando todo o mundo. Só que no caso dele ocorreram complicações; de repente, começou a ter febre alta, a delirar — e teve de ser hospitalizado com urgência.

— O médico diz que não entende como isso pôde acontecer. Uma simples gripe, Rodrigo! E o pior é que ele não reage, não quer reagir, é como se não tivesse vontade de viver... Ai, Rodrigo, o que é que eu vou fazer? Me ajuda, Rodrigo, por favor, me ajuda!

Entramos no quarto e de imediato fiquei alarmado. Nem minha mãe nem Maria Helena tinham exagerado: o estado do rapaz era, evidentemente, muito grave. Ali estava ele, banhado em suor, pálido, respirando com dificuldade. Aproximei-me cautelosamente e segurei-lhe a mão gelada.

— João — chamei baixinho.

Não respondeu. Mexeu-se na cama, murmurou qualquer coisa.

— Está chamando pelo pai. É o que faz a todo instante... chama pelo pai. Muito estranho, Rodrigo. Ele nunca falava nesse homem... Estranho.

Eu não achava nada estranho. Podia compreender a mágoa dela, mas a verdade é que o pai deveria estar ali, junto ao filho doente. Como se adivinhasse o meu pensamento, ela disse:

— Ele não vê o João há onze anos. Onze anos, Rodrigo, você sabe o que é isso? O menino praticamente não o conhece, era ainda um bebê quando ele nos deixou.

— E você sabe onde ele está?

— Não tenho a mínima ideia. De vez em quando, ele manda algum dinheiro e isso é tudo. A verdade é que não ganha muito...

— Ele é... escritor? — indaguei, cauteloso.

Olhou-me, surpresa.

— Como é que você adivinhou? Pouca gente sabe disso. Ele escreve com pseudônimo.

— Brandão Monteiro?

Arregalou os olhos (a surpresa em meio ao sofrimento).

— Você descobriu! Que coisa! Vocês garotos são muito vivos, muito espertos. Quem dera que o meu João...

Interrompeu-se, aproximou-se do leito, acariciou o rosto do filho.

— Você já avisou o pai? — perguntei, surpreso com a minha própria audácia; sentia, no entanto, que alguma coisa tinha de fazer para ajudá-los.

— Mandei um telegrama.

— Para a praia do Irapi? Será que chega?

Tão logo fiz a pergunta me dei conta de uma coisa que não tinha me chamado a atenção antes (nem tinha chamado a atenção de Rafael, o perspicaz Rafael): Irapi, o nome da praia, era também o nome do indiozinho, personagem do livro do Brandão Monteiro.

— Praia do Irapi? Não, não foi para lá que eu mandei o telegrama. Mandei para o último endereço que tinha.

— Mas é na praia do Irapi que ele está morando.

— Como é que você sabe? — Mostrava-se intrigada, e até suspeitosa.

Desconversei: — Não tem importância. O importante é avisar o homem, o pai do João. — E, num impulso súbito, me ofereci:

— Eu posso fazer isso.

— Você? Que bobagem, Rodrigo. Eu telefono.

— Não dá. É uma praia muito pequena, não tem telefone lá. Além disso, talvez seja melhor alguém falar pessoalmente com esse Brandão. Eu vou, Maria Helena.

— Ah, Rodrigo, não tenho como lhe agradecer...

Voltei ao prédio e fui procurar o Rafael. É claro que ele topou a ideia de imediato. Ligamos para a Rodoviária: havia dois ônibus para a praia do Irapi, um às seis da tarde (já tinha saído), outro às sete da manhã. Decidimos pegar o ônibus das sete na manhã seguinte — e fomos imediatamente avisar nossos pais, mesmo porque precisávamos de grana para a passagem. Do meu pai eu esperava uma bronca — eu não só perderia aulas, como tinha uma prova marcada —, mas, para minha surpresa, ele deu força:

— Isso aí, meu filho. Na hora do infortúnio é que se vê quem são os verdadeiros amigos.

Os pais do Rafael também apoiaram a ideia, mas, por incrível que pareça, foi ele quem falhou: tinha sono pesado e não houve jeito de acordá-lo na manhã seguinte. Chegamos tarde à Rodoviária, perdemos o ônibus por dez minutos. Fiquei possesso:

— Que diabos, Rafael! Nem para uma coisa importante dessas você consegue acordar? E agora?

Só tínhamos duas alternativas: voltar para casa ou tomar o ônibus às seis da tarde. E aí ficava complicado: onde dormiríamos, se o tal Brandão Monteiro não estivesse, ou não quisesse nos receber? Mas agora eu iria em frente de qualquer maneira. Telefonei à minha mãe, avisei que talvez não voltasse naquela noite.

O ônibus não ia direto para Irapi. Teríamos de descer numa localidade próxima e fazer oito quilômetros a pé. E, como a casa de Brandão Monteiro ficava, segundo nos informaram, próxima ao mar, fomos pela praia.

Missão (quase) impossível

Que jornada aquela, meu Deus. Que jornada! Avançávamos em meio a uma medonha escuridão (felizmente, o Rafael tinha uma pequena lanterna, extraída da "bolsa de mil utilidades", que, como detetive amador, considerava imprescindível), o vento zunindo em nossos ouvidos, o mar bramindo perto de nós; e, para cúmulo dos azares, começou a chover, uma chuvinha de inverno, miúda, gelada.

— Nunca chegaremos lá — resmungava Rafael. Agora era eu que tinha de assumir o papel de líder. "Vamos lá", eu dizia, "já devemos estar perto."

Mas como saber se estávamos perto? Não enxergávamos nada. Obviamente as casas deveriam estar fechadas. Ninguém iria à praia com um tempo daqueles.

Finalmente, avistamos uma luz. Só podia ser a casa do Brandão Monteiro. Corremos até lá e checamos o endereço. Era uma casa pequena, modesta, em nada semelhante à mansão que eu tinha imaginado — aliás, aquela não era uma praia de mansões, os veranistas ali eram todos classe média baixa.

Batemos à porta. Ninguém respondeu. Olhamo-nos, preocupados, batemos de novo, mais forte.

— Alguém em casa? — gritou Rafael.

Nenhuma resposta. Mas, e a luz? Teria o homem saído, deixando a luz acesa? Demos a volta, espiamos pela janela.

Era, evidentemente, o local de trabalho do escritor. Sobre a mesa, uma máquina de escrever, livros e papéis espalhados, um cinzeiro cheio de tocos de cigarro; algumas prateleiras com livros; alguns quadros; e só. Bem despojado, aquela espécie de gabinete.

De súbito, uma pesada mão desceu-me sobre o ombro.

— Peguei vocês, safados!

Voltei-me, assustado. Diante de nós, um homem baixo, mas reforçado, cabeleira desgrenhada, barba — e uns olhos impressionantes: brilhavam como carvões acesos aqueles olhos, um brilho de raiva e ao mesmo tempo de triunfo.

— Peguei vocês! — repetiu.

— Mas não é nada... Não é nada disso... — Rafael tentava explicar.

— Cala a boca! — berrou o homem. — Pensa que eu não sei quem vocês são? Pensa que eu não sei que foram vocês quem me arrombaram a casa anteontem, à hora em que eu dei uma saída? Vocês, sim! E agora vieram buscar o resto. — Riu. — Mas eu sou mais esperto do que vocês pensam. Vi vocês chegando lá da praia, saí e me escondi ali, atrás daqueles arbustos. E peguei vocês na tampa.

Sacudiu-nos violentamente.

— E agora vamos ajustar as contas!

De tão apavorado, Rafael nem conseguia falar. Fiz das tripas coração:

— Calma, senhor Brandão. Nós só viemos aqui falar com o senhor.

Franziu a testa:

— Como é que vocês sabem o meu nome?

— Nós somos amigos do João.

— João? Qual João?

— O seu filho.

— O meu filho? — Surpreso, ficou um momento em silêncio. Talvez estivesse desconfiado, mas, de qualquer modo, a lembrança do filho perturbara-o, mexera com ele. Olhou-nos de novo, e então algo lhe ocorreu, algo que o fez arregalar os olhos, em pânico: — Aconteceu alguma coisa com ele? Foi isso? O que houve com o meu filho, com o João?

Agarrou-me, sacudiu-me:

— Fala, rapaz, fala logo, pelo amor de Deus! O que aconteceu com o João?

— Ele... ele está doente. — Eu tentava manter um tom de voz calmo, mas ele agora estava completamente transtornado.

— Doente? Doente de quê? É grave? Fala!

— Ele... ele está no hospital. Com pneumonia.

Largou-me, cambaleou, encostou-se à parede.

— Oh, Deus...

Aproximei-me dele, tentei ampará-lo.

— Calma, senhor Brandão. Ele está sendo tratado, na certa vai melhorar...

Não me ouvia. Pálido, olhar esgazeado, murmurava:

— Oh, Deus. Tantos anos sem ver meu filho, e a primeira notícia que recebo é esta. Oh, Deus, Deus. — Olhou-me.

— Você sabe em que hospital ele está? Nós vamos até lá. Me dá só um minuto para eu apanhar as minhas coisas.

Entrou em casa e voltou logo depois, vestindo uma velha capa de chuva.

— Vamos. Desculpem a grosseria... Eu não sabia que vocês são amigos do meu filho. Pensei que fossem uns garotos que moram aqui por perto e que já assaltaram a minha casa duas vezes. Aliás, nem sei o nome de vocês...

— Eu sou o Rodrigo. Este aqui é o Rafael. Foi ele quem descobriu seu endereço. Não sei se fizemos mal...

— De maneira nenhuma. Estou muito agradecido a vocês. Mas vamos lá, entrem no carro. Está ali ao lado.

Era o carro mais velho e mais malcuidado que eu já tinha visto; cor indefinida, estava caindo aos pedaços. Não vai pegar, pensei, e não deu outra: em vão ele tentou ligar a máquina. Insistiu várias vezes, sem resultado. Por fim, o motor de arranque já não virava, a bateria estava sem carga. Praguejando, ele desceu, abriu o capô, examinou-o à luz de uma lanterna:

— Alguém entende dessa coisa?

Não, nem eu nem o Rafael entendíamos de motor.

— Estamos bem arranjados — ele disse e olhou o relógio. — Passa da meia-noite. A esta hora não consigo mecânico, só de manhã. E até que ele arrume... O melhor será tomarmos o primeiro ônibus, sai daqui às cinco e meia. Vamos entrar, rapazes. Está frio aqui fora.

Entramos. Por dentro, a casa era ainda mais pobre e despojada do que nos parecera de fora: na cozinha, um pequeno fogão a gás, uma velha geladeira e um armário desconjuntado; na sala de jantar, onde nos instalamos, uma pequena mesa e três cadeiras. E o lugar não primava nem pela beleza, nem pela ordem: na pia da cozinha, uma pilha de pratos; na sala de jantar, até roupas havia, jogadas sobre uma poltrona rasgada.

— Não é nenhum palácio — disse o escritor, como que adivinhando nossos pensamentos. — Mas para mim serve perfeitamente. Não dou muita bola às aparências. Mas sentem, por favor. Querem comer alguma coisa?

Eu estava sem fome, mas Rafael não se fez de rogado: aceitava, sim.

— Um sanduíche vem bem?

Rafael provavelmente esperava mais — tudo o que tínhamos comido naquele dia fora um lanche muito rápido, na Rodoviária —, mas disse que sim, que um sanduíche vinha bem. Brandão Monteiro foi até a cozinha, voltou com um sanduíche de presunto e queijo e um copo de leite. Sentamo-nos, e por uns momentos ficamos num silêncio só rompido pelo surdo bramido do mar e pela ruidosa mastigação de Rafael; finalmente, o escritor, que até então se mantivera de cabeça baixa, pensativo, suspirou:

— Pobre do João. Não tem sorte mesmo esse garoto.

Aquilo me chocou; ele falava do filho como se fosse, no máximo, um parente, um conhecido. De novo ele adivinhou-me o pensamento:

— Não teve sorte inclusive comigo. Nunca fui o pai que deveria ter sido. Nunca.

Eu não sabia o que dizer. Mas não era preciso dizer nada, porque era ele quem queria falar:

— Nem bom pai, nem bom marido. Eu gostava muito de Maria Helena, mas nossos problemas começaram logo depois do casamento. Por causa do meu trabalho, sabem? Do meu trabalho como escritor. Sempre tive dificuldade de escrever no meio da zoeira das pessoas, precisava me isolar. E o nosso apartamento era pequeno, um problema... Que ficou pior quando o João nasceu.

Rafael não se conteve:

— Coitado do João, parece que sempre viveu no meio de problemas...

O escritor ficou desconcertado. Aquilo era uma mal disfarçada acusação.

— Ora, não era bem assim... Claro que foi uma grande alegria para nós, o nascimento dele... O primeiro filho, você sabe como é... Mas o fato é que nossa vida era difícil. Eu escrevia muito, mas não encontrava editor para os meus livros; ganhava alguma coisa fazendo bicos para agências de publicidade, coisa que sempre detestei. Além disso, a Maria Helena e eu não nos dávamos bem. O namoro foi aquela paixão, aquela maravilha que são os namoros, mas o casamento... O casamento pode ser uma prova muito dura, e nessa prova fomos reprovados — eu, pelo menos, fui reprovado. Eu não tinha grana; ela foi forçada a trabalhar num escritório. Então, quem tinha de cuidar do garoto era eu. E aquilo me impacientava, porque eu não conseguia escrever. Durante dois anos e pouco aguentei a mão. Mas então aconteceu aquela coisa, a gota d'água que fez o copo transbordar.

Interrompeu-se. Provavelmente achava que estava indo longe demais naquela confidência, ou talvez pensasse que não estávamos interessados. De qualquer forma olhou o relógio e falou:

— É tarde, gente. É tarde, e vocês devem estar cansados. Querem dormir um pouco? Há duas camas lá no quarto. Fiquem à vontade, eu chamo vocês às quatro. Dá tempo.

Rafael não se fez de rogado; dizendo que estava com sono, levantou-se, deu boa noite e foi para o quarto.

— E você? — perguntou o escritor.

— Não estou com sono. Fico aqui lhe fazendo companhia.

Sorriu e disse em tom melancólico:

— Você é gente mesmo, Rodrigo. Puxa vida, você é gente. Seus pais devem ter orgulho de você. A melhor coisa para um pai...

Interrompeu-se de novo. Era um cara complicado, aquele. Será que todos os escritores são assim, eu me perguntava, enquanto ele ficava ali naquela indecisão, fala não fala. Por fim decidiu:

— Está bem. Já que você é amigo do João, e já que você é um cara maduro, vou lhe contar. Aconteceu quando o João tinha dois... Não, três anos; é, três anos. Época muito difícil, Rodrigo. Foi logo depois que a Maria Helena começou a trabalhar. Eu não tinha emprego algum, queria escrever, então ficava em casa. Mas não conseguia trabalhar. Por causa do João. O garoto não parava quieto; mexia em tudo, derrubava coisas, um terror. Isso quando não estava doente; porque desde pequeno ele se resfriava por nada, tinha uns febrões terríveis. Então ele ali, chorando ou destruindo a casa, e eu tentando me concentrar — um pavor. Por fim, acabei me trancando no quarto. Se escrevi? Não, não escrevi. Estava cansado, de saco cheio, adormeci sobre a máquina. Acordei com a Maria Helena me sacudindo violentamente. "Acorda, cretino", ela gritava, fora de si. Enquanto eu dormia, o João fora até a cozinha, trepara num banquinho e caíra, batendo com a testa na quina da mesa. E ali tinha ficado, sangrando e chorando — mas eu não ouvira nada. "Você não presta!", gritava a Maria Helena. "Você é qualquer coisa, menos um pai!"

Calou-se, engoliu em seco. Que era difícil para ele evocar aquela cena, isso eu via por seu olhar angustiado. Cheguei a pensar que ia chorar; mas não, conteve-se e prosseguiu:

— Pensei muito e concluí que ela tinha razão: realmente eu não era bom pai, nem bom marido; nem escritor. Nada. Naquela mesma noite fiz a mala e fui embora. E, se você me perguntar o que aconteceu desde então nesses mais de onze anos, eu lhe direi: não muita coisa. No começo, senti uma ânsia de gozar aquilo que chamava de "minha liberdade": viajei por todo o Brasil, estive nos lugares mais distantes...

— No Amazonas...

— Como é que você sabe? — ele, surpreso. — Ah, claro, você leu o meu livro sobre o Irapi... É verdade, estive no Amazonas. E no Mato Grosso, e em Goiás... Sobrevivia escrevendo artigos para jornal. Vivi aventuras incríveis, tive muitas namoradas, escrevi vários livros — mas, no final, estava cansado daquela vida instável, de dormir em pensões ou em barracas. E havia mais uma coisa: o meu filho, o João.

— Você nunca mais o viu?

— Nunca. Você deve estar pensando que a Maria Helena tem razão, que eu sou uma espécie de antipai. Mas não é assim, Rodrigo. Não é assim. O ser humano não é aquilo que as novelas e os filmes mostram; o sujeito quando é bonzinho, é bonzinho, quando é malvado, é um verdadeiro vilão. Nós somos uma mistura de sentimentos e emoções, amor com ódio, generosidade com egoísmo. Eu nunca esqueci o meu filho, Rodrigo. Durante todos aqueles anos eu pensava no João. Não de vez em quando, não; eu pensava nele todos os dias, várias vezes por dia. Tudo que eu tinha dele era uma foto meio tremida; então, procurava imaginá-lo crescendo... Difícil, Rodrigo, muito difícil.

As lágrimas lhe corriam pela face, mas ele continuava falando — era uma necessidade, eu percebia, talvez ele estivesse contando aquilo que reprimira durante muitos anos. Muito à vontade no papel de confidente, é claro que eu não estava; era uma situação nova para mim, jamais um adulto — e um adulto desconhecido, e escritor, ainda por cima — tinha me revelado tantas coisas, e coisas penosas de ouvir. Mas, modéstia à parte, aguentei firme. Eu sabia que qualquer comentário mais afoito poderia ser mal interpretado por ele. Qualquer comentário? Qualquer gesto, qualquer piscar de olhos, qualquer franzir de testa. No mês anterior eu tinha visto um filme em que o personagem principal era um psiquiatra; e ficara impressionado com a fisionomia impassível do homem enquanto o paciente, um rapaz, ia contando seus dramas. Pois bem, impassível eu fiquei. Mesmo porque estava interessado — e encantado. O homem não só escrevia bem, ele contava bem. Mesmo naquelas circunstâncias penosas, o seu talento ficara evidente.

— Cheguei a pensar em voltar para vê-lo, nem que fosse a distância. Mas eu sabia que seria muito pior. Tanto que, quando tive realmente de voltar — por causa da doença da minha mãe, a doença que acabou por matá-la —, não fui visitá-los. Falei com Maria Helena por telefone; uma conversa difícil, ela tentou mostrar alguma solidariedade, mas não podia, a raiva era demais. Ela sem dúvida queria me ver longe, mas acabei vindo para esta casa, aliás a única coisa que herdei de meus pais. Vivo aqui o ano inteiro, inverno e verão; do verão gosto menos, por causa dos veranistas, mas os vizinhos já aprenderam a me deixar em paz, me respeitam, ainda que me achem um tanto esquisito. Sou amigo dos pescadores, do dono da venda e de uma meia dúzia de pessoas mais. Eles me ajudam no que preciso, só vou à cidade em último caso. Tanto que — você viu — o carro já nem funciona. Meus contatos são com a editora, com um ou dois jornais para os quais escrevo, mas tudo pelo correio, porque nem telefone existe aqui.

— Você não dá entrevistas...

— É, não dou entrevistas. Meus livros são razoavelmente procurados, tenho muitos leitores, mas não dou entrevistas.

— E escreve com pseudônimo... A propósito, por que "Brandão Monteiro"?

— Brandão é uma homenagem a meu pai. Ele sempre falava da ilha encantada que São Brandão visitou, na Idade Média, e essa lenda mexia comigo. Eu chegava a sonhar com a ilha, cheia de bosques verdejantes e de animais maravilhosos, o unicórnio, o cavalo alado... E Monteiro por causa do Monteiro Lobato. Eu devorava os livros dele. Eu não tive uma infância muito feliz, Rodrigo. Muito cedo tive de trabalhar para viver. Ajudava meu tio na pequena tipografia dele — você vê, a minha familiaridade com a palavra impressa vem desde cedo.

Riu pela primeira vez naquela noite. Depois suspirou e continuou:

— Mas o que me levou mesmo a escrever foi a imaginação, o desejo de contar histórias. Atrás da tipografia havia um quintal com um capinzal muito grande e árvores. Na hora do almoço eu ia para lá e ficava imaginando: ora estava num continente desconhecido, ora num planeta distante. Daí a colocar essas coisas no papel foi um passo. Meu tio, que era um homem muito culto e lido, me incentivava bastante. "Um dia ainda vou imprimir um livro seu aqui na minha tipografia", dizia. Coitado, morreu sem realizar o seu sonho. Tive um emprego atrás do outro: trabalhei em banca de jornal, em livrarias, vendi assinaturas de revistas, sempre às voltas com a palavra escrita. E lia, lia muito. Varava as noites lendo. No dia seguinte eu era um verdadeiro zumbi, dormia no ônibus a caminho do trabalho. Fui despedido não sei quantas vezes. Mas continuava escrevendo. Para a gaveta: não tinha onde publicar os meus textos. No máximo, podia mostrá-los aos amigos: o Flávio, que queria ser romancista, o Alberto, que escrevia poemas... Nós ficávamos até de madrugada conversando pelas esquinas; uma vez, em 1964, quase fomos presos, porque a polícia nos achou com cara de subversivos. E os poemas do Alberto iriam servir de prova, imagine só. Você mal ouviu falar dessa época...

Verdade. Aquilo para mim era História, coisa do passado.

— Feliz de você. Eram tempos duros, meu caro, principalmente para quem tinha um sonho, como nós. Eu não entendia muito de política, mas o Alberto era militante, os poemas diziam o que ele sentia, o que ele pensava. Um dia veio e nos disse: "Enquanto houver gente morrendo de fome no Brasil eu não escrevo mais uma linha de poesia". Foi coerente: aderiu à luta armada, acabou morrendo num tiroteio com a polícia. Tinha dezenove anos. Você tem que idade, Rodrigo?

— Quatorze.

— Pois é. Ele não era muito mais velho que você. Pelo menos é o que me parece — estou com quase quarenta, para mim vocês são todos garotos. Faz tempo, Rodrigo, que minha adolescência ficou para trás.

— Mas não parece. Pelo que você escreve, não parece. Você entende os jovens.

— Mesmo? — Os olhos dele brilharam. — Você acha mesmo que eu sintonizo com os jovens?

— Claro que sim.

Hoje me pergunto se eu estava sendo sincero. Não estaria havendo ali uma inversão de papéis, eu funcionando como um adulto que diz mentiras piedosas, ele aceitando-as como um garoto desamparado? Talvez. Mas a verdade é que eu lembrava passagens do livro dele e até recitei umas frases, o que o deixou ainda mais comovido.

— Puxa, Rodrigo. Você me emociona, rapaz. O que você está me dizendo é importante, importante demais. E olhe que quem lhe diz isso sempre acreditou que escrever é um ato solitário. Aliás, por isso vim para este lugar, porque não queria ser incomodado. E aqui ninguém me incomoda. Levanto de manhã cedo, faço meu café e saio a caminhar pela praia ainda de madrugada. E aí vejo o sol nascer... Você já viu o sol nascer sobre o mar? É uma coisa linda.

— E é nessas caminhadas que você busca inspiração...

Achou graça.

— Inspiração? Não, nessas caminhadas eu faço exercício. A inspiração surge a qualquer momento. Eu comparo a nossa mente com uma casa — no meu caso, um casarão enorme, cheio de quartos. Há um quarto cuja porta está sempre fechada. De vez em quando ela se abre. E o que eu vejo lá? Pessoas que não conheço, os meus personagens. E também seres fantásticos, como aqueles que eu imaginava na ilha de São Brandão. Mas não é dessas visões que é feita a literatura, não. É das palavras. E quando eu começo a trabalhar com as palavras, quando eu sento à máquina, aí, sim, o texto está nascendo. Cada palavra tem de estar em seu lugar. O meu tio expressava isso muito bem. A gráfica dele era antiga, usava linotipo; aliás, essa gráfica ainda existe; por causa de uma ação judicial qualquer ficou tudo embargado, o prédio, as máquinas. Quando venho à cidade, sempre a visito, para matar as saudades. Se você me acompanhar, eu lhe mostro como se trabalhava naquela época: as palavras eram compostas com tipos de chumbo. Letra por letra, uma coisa artesanal, que meu tio adorava fazer. Isso é algo que os aprendizes de escritor deveriam fazer para aprender a valorizar a palavra, era o que ele dizia. E tinha razão. A palavra é uma herança que a gente recebe de muitas gerações, um instrumento que é preciso saber manejar. Bom, mas como eu estava dizendo, a inspiração vem disto, da imaginação ou então de uma notícia de jornal, de um episódio da História, de uma pessoa que conheci. E então eu começo a escrever, e a reescrever... Levo meses nisso. Anos, até. Às vezes o trabalho não avança mesmo, e eu sou obrigado a deixar o texto na gaveta. Enquanto estou escrevendo o livro, eu me sinto como possuído, sabe? Às vezes esqueço de comer, de dormir.

— E agora? Você está escrevendo alguma coisa?

Abanou a cabeça, melancólico.

— Não. Agora não. Faz meses que não tenho uma boa ideia. Rabisco alguma coisa, tomo notas — mas nada. É o bloqueio, sabe? A porta que não se abre. E a gente não pode fazer nada para evitá-lo. São duas sensações dolorosas: uma é esta, a incapacidade de escrever; a outra surge quando termino um livro. Primeiro vem o triunfo: venci, concluí minha obra. Depois a euforia vai dando lugar a uma espécie de vazio... E aí eu me sinto muito sozinho, deprimido mesmo. Às vezes encho a cara, às vezes vou procurar uma mulher, mas nada disso resolve, a solidão é medonha.

— Mas não entendo... Se você se sente solitário, por que não volta para a cidade? Você poderia encontrar os seus leitores...

Abriu os braços.

— Pois é. Uma boa pergunta: se estou sozinho, eu deveria ir em busca de companhia, não é mesmo? Mas a verdade é que prefiro pagar o preço desses dias, dessas semanas de solidão; porque chega o momento em que eu quero, realmente, ficar sozinho, e então não poderia fazê-lo sem ferir pessoas. Entendeu? Não, você não entende. Nem mesmo eu me entendo.

A esta altura o sono começava a me vencer. Ele percebeu.

— Vá dormir, rapaz. Ainda dá tempo para um bom cochilo. Eu chamo você, vá.

Tentei resistir — não me parecia justo deixá-lo ali sozinho com sua ansiedade —, mas ele não quis saber: pegou-me pelo braço e levou-me até o quarto, onde Rafael dormia a sono solto, estirado sobre a cama. Deitei-me também, vestido, e adormeci instantaneamente.

Trazendo um pai de volta

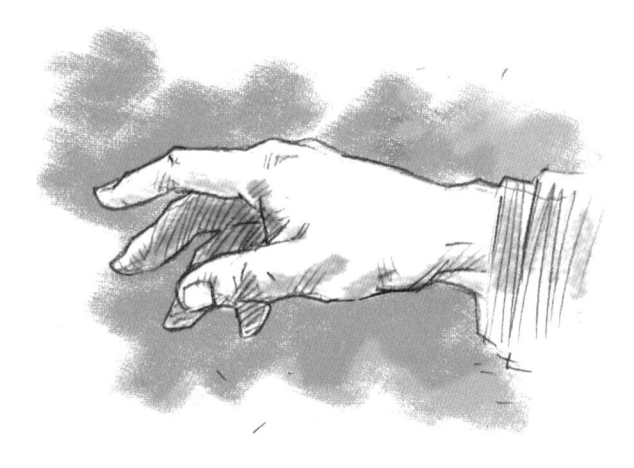

No meu sonho, eu descia numa frágil canoa um rio encachoeirado; a embarcação batia nas pedras, eu era jogado de um lado para outro e não podia fazer nada. Então acordei: era o escritor, que me sacudia:
— Vamos lá, Rodrigo, está na hora.

Sentei na cama. Uma pálida claridade entrava pela janela; logo amanheceria. Rafael e eu tomamos o café que ele nos trouxera e saímos. Caminhamos ao longo da praia; tinha parado de chover e o sol nascente iluminava o mar, muito bonito mesmo. Nenhum de nós tinha olhos para a paisagem; a tensão do pai do João contagiava a mim e ao Rafael — andávamos rapidamente, em silêncio. E em silêncio continuamos durante a viagem de ônibus, Rafael e eu sentados lado a lado, ele num banco mais na frente, o olhar perdido.

Chegamos à Rodoviária e quisemos nos despedir dele, Rafael e eu — tínhamos de ir para casa e depois para o colégio, já estávamos mais do que atrasados. Ele porém pediu — pediu não, suplicou — que o acompanhássemos. Rafael não podia, tinha prova; mas eu não tive coragem de recusar. Pedi a Rafael que desse um pulo em minha casa e avisasse meus pais — depois eu enfrentaria a fúria do velho.

Tomamos um táxi e fomos direto para o hospital. Eu antecipava um momento de tensão, quando o escritor encontrasse sua ex-mulher; e não deu outra. Ela estava no corredor, em frente à Unidade de Tratamento Intensivo, para onde João tinha sido transferido à noite — seu estado, como saberíamos logo depois, se agravara. Olharam-se os dois.

— Alô, Maria Helena.

— Alô.

(Pareceu-me um jeito meio tolo de se cumprimentar, mas, o que é que eles iam dizer? O que iam fazer?)

— O João...

— O João não está bem. Não está nada bem.

— Eu sei...

Eu estava admirado com aquele comportamento contido e achando que, de fato, os adultos sabem dominar suas emoções quando de repente veio a explosão:

— Você sabe! — gritou ela, inteiramente fora de si. — Você sabe que seu filho não está bem! É um milagre, escritor Brandão Monteiro! É um verdadeiro milagre! Você sabendo alguma coisa de seu filho? Do filho que você abandonou há onze anos? Inacreditável. Parece coisa de ficção, parece coisa de um de seus livros! Agora... deixe-me ver se adivinho como é que você descobriu que seu filho não está bem.

O tom era de tal ironia que até a mim fez mal.

— Vamos ver... Foi o Rodrigo aqui quem o avisou. O Rodrigo foi até sua casa na praia — porque você mora numa casa na praia, não mora? — para lhe dizer que o João não está bem. Alguém pediu ao Rodrigo para fazer isso, escritor Brandão Monteiro. Alguém que tem cuidado do João durante todos estes anos, que deu duro para comprar comida e roupa, para pagar colégio e médico. E onde estará essa pessoa, escritor Brandão Monteiro?

Olhou ao redor, fingindo procurar alguém.

— Você vê essa pessoa, escritor Brandão Monteiro? Você vê alguém parecido com um... pai? Pergunto, porque em geral é o pai quem providencia essas coisas. Mas não, escritor Brandão Monteiro, eu não vejo ninguém. Só vejo a mim mesma, escritor Brandão Monteiro. Só vejo aqui esta mulher, esta mãe que se matou cuidando do filho.

Era insuportável aquilo. Felizmente, a porta da UTI se abriu, e de lá saiu o médico que estava cuidando de João. Contendo-se a custo, Maria Helena dirigiu-se a ele:

— E como está o meu filho, doutor Garcia?

— Melhorou um pouco. A febre diminuiu, ele respira um pouco melhor... Mas ainda está em coma.

Ela soluçava. O médico tentava acalmá-la:

— Tenha coragem, dona Maria Helena, estamos fazendo tudo o que tem de ser feito, é preciso ter esperança. — E aí avistou o Brandão Monteiro:

— E o senhor, quem é?

— Sou o pai — disse ele, numa voz surda. E acrescentou: — Não vim antes porque...

— Não precisa explicar — atalhou o médico. — Deixe-me dizer-lhe como seu filho está. O caso dele é sério: pneumonia, insuficiência respiratória. Está recebendo soro e antibióticos, está no respirador — agora é aguardar. É muito importante que o senhor fique por aqui, as próximas horas serão decisivas.

E olhando os dois:

— Não quero me meter onde não sou chamado, mas, no lugar de qualquer de vocês, eu esqueceria o passado e procuraria me concentrar na recuperação do garoto. O amparo dos pais pode ser decisivo para isso. Por favor, ajudem, deixem as desavenças de lado.

— Posso vê-lo? — perguntou Brandão Monteiro, na mesma voz baixa, rouca.

O médico hesitou:

— Não sei se é possível, o pessoal da UTI não gosta de visitas... Além disso, ele não está consciente, nem vai reconhecê-lo...

Deteve-se. Era tal a expressão de dor no rosto do homem que ele mudou de ideia:

— Está bem, vá. Mas não se demore.

— Posso ir junto? — perguntei. — Sou amigo do João.

Fechou a cara, mas optou por sorrir.

— Vão dizer que estou organizando um comício aí dentro... Rápido, gente, rápido.

Era a primeira vez que eu entrava numa UTI. De imediato aquilo me impressionou: uma dezena de camas, todas ocupadas por pacientes graves. As enfermeiras e os médicos moviam-se por ali rapidamente, mas em silêncio; o único ruído que se ouvia era o dos respiradores.

Tinha piorado muito, o João, desde a última vez que eu o vira. Estava pele e osso; e o seu estado parecia muito mais grave. Por um instante ficamos ali, imóveis, a olhá-lo; e então Brandão Monteiro estendeu uma mão trêmula em direção ao rosto pálido do garoto...

Uma dúvida me assaltou naquele momento, uma dúvida da qual hoje até me envergonho: será que ele estava pensando no filho, ou será que estava vivendo aquela cena como um escritor, anotando mentalmente o que depois descreveria ("Brandão Monteiro estendeu uma mão trêmula em direção ao rosto pálido do garoto")?

— Pare! O que está fazendo? — era a enfermeira, irritada. Brandão Monteiro recuou, assustado e confuso.

— Perdão... Eu só queria... Ele é meu filho...

Pôs-se a chorar convulsivamente. A enfermeira, consternada, tentava se retratar.

— Desculpe, eu pensei que o senhor ia mexer no respirador... Eu não sabia...

E para mim:

— Talvez seja melhor você levá-lo.

Peguei-o pelo braço e o levei para fora.

Maria Helena continuava ali. Ao ver o ex-marido em prantos, não disse nada, suspirou apenas. Ela provavelmente também estava chegando ao limite de sua capacidade.

Fui até a portaria do hospital, liguei para casa. Meu pai atendeu:

— Como é que está o João?

— Não está bem. Escute, papai, talvez eu tenha de ficar por aqui dando uma força... O garoto está mal, e além disso o pai dele chegou, a coisa está meio tensa...

Não me deixou terminar.

— Você faça o que tem de fazer, meu filho.

— Talvez eu falte às aulas...

— Paciência. Vou deixar a seu critério, você já não é criança, o que você fizer terá o meu apoio.

Aquilo era surpreendente, aquela manifestação de confiança. Alguma coisa tinha mudado nas últimas horas, e mudado para melhor. De repente eu percebia que o sofrimento pode ser uma experiência necessária.

Voltei ao corredor da UTI. Os dois continuavam ali, sem se olhar, sem se falar. Minha chegada deve ter sido um alívio para eles. Maria Helena olhou o relógio — quase meio-dia.

— Você deve estar com fome, Rodrigo. Posso lhe oferecer um sanduíche?

Olhei para o Brandão Monteiro; não queria parecer indelicado, deixando-o ali, sozinho. Mas aparentemente era o que ele desejava.

— Vá, Rodrigo, não se preocupe comigo.

Fomos à lanchonete em frente ao hospital, deserta àquela hora. Sentamos a uma mesa dos fundos. Ela pediu sanduíches e acendeu um cigarro (fumava muito; tinha os dedos manchados de alcatrão). Ficou em silêncio uns minutos, enquanto o dono da lanchonete nos servia os sanduíches.

— Tenho de pedir desculpas a você — disse por fim.

— Desculpas? Por quê?

— Pelo constrangimento que fiz você passar...

— Bobagem, Maria Helena. Não foi nada. — Eu queria bancar o refinado, mas a fome era atroz. Atirei-me ao sanduíche como um lobo esfaimado. Ela, porém, nem tocava no prato.

— Você não vai comer?

— Não consigo. A comida não desce. É muito duro isso tudo, Rodrigo. Muito, muito duro.

— Bem, mas pelo menos o seu marido, quero dizer, o pai do João está aqui. Ele pode ajudar.

— Será? Eu nunca pude contar com ele, Rodrigo. Tudo lá em casa era comigo: cozinhar, fazer a limpeza, cuidar do João — tudo comigo. O Brandão Monteiro — você sabe que o nome dele é Pedro? Mas até eu o trato por Brandão Monteiro, como se fosse uma leitora — tinha de escrever. Claro que eu admirava muito o que ele fazia; mal ele terminava uma página eu a pedia para ler, e eu não sou muito chegada aos livros, nunca tive muito tempo para leituras. Mas na verdade o trabalho dele não era o importante; o importante é que eu o amava, Rodrigo. Amava mesmo. Mas manter o amor no dia a dia... Isso não é fácil. Mesmo porque ele tinha uma vida muito... muito diferente. Acordava tarde, quase ao meio-dia. À tarde, às vezes escrevia, às vezes não. À noite saía sempre; dizia que ia se encontrar com amigos escritores, mas é lógico que eu ficava desconfiada, achando que tinha mulher na jogada. E, quando nasceu o João, tudo se complicou. Nós estávamos passando uma fase horrorosa, cheios de dívidas, fui obrigada a trabalhar. Cuidar do nenê passou a ser tarefa dele. O que ele nunca aceitou. Brigamos, acabou saindo de casa. Foi muito duro, Rodrigo. Acredite, a vida é cruel para uma mulher sozinha. Tive de fazer das tripas coração. Tive de ir à luta. Virei mãe e pai ao mesmo tempo. Mas o pior, Rodrigo... o pior era a solidão. Nunca mais tive um companheiro. Os homens têm medo de se envolver com uma mulher como eu. E depois o João era terrivelmente ciumento. Nas raras vezes em que alguém, um amigo, me convidava para sair, ele fazia uma cena tal que eu acabava desistindo. Mas viver sem homem, Rodrigo, é muito difícil. Você sabe do que estou falando, não sabe?

Olhava-me de modo estranho, e eu não sabia o que dizer. Olhei ao redor. Confesso que se o homem da lanchonete viesse em direção à nossa mesa ("estão servidos?" ou algo do estilo) seria bem-vindo; mas não, ele estava no balcão, lendo o jornal. De modo que fiquei ali, ouvindo.

E ela falou muito. Contou coisas que provavelmente não revelaria nem à sua melhor amiga (e talvez tivesse escolhido a mim como confidente exatamente por isso, porque não tinha amigos). De qualquer modo eu me sentia terrivelmente embaraçado; nunca um adulto – e sobretudo uma mulher! – tinha me falado sobre emoções tão íntimas. Será que eu tinha uma oculta vocação de confessor? De repente algo me ocorreu, algo que me deixou ao mesmo tempo assustado e excitado: será que ela estava me cantando? Será que pretendia me levar para a cama – ou porque não aguentasse mais o desejo tão longamente contido, ou para fazer ciúmes ao ex-marido, ou simplesmente por loucura? Comecei a antecipar: ela agora vai agarrar minha mão, vai me olhar bem nos olhos, vai dizer que está me querendo, e vai mencionar um motel ou o apartamento de uma amiga. E aí, o que é que eu faço? Recuso, correndo o risco de ferir os sentimentos dela ou de passar por bicha? Topo a parada e seja lá o que Deus quiser? Enquanto eu me debatia nessas dúvidas, ela continuava falando; mas de repente ficou quieta, de cabeça baixa; esmagada pelo sofrimento — ou preparando-se para o bote. Que situação! Cruzes, que situação! Mas finalmente o homem da lanchonete assumiu o seu involuntário papel de anjo salvador. Deixou o jornal de lado e veio em nossa direção:

— Estão servidos? — E reparando que Maria Helena não tocara no sanduíche: — Mas a senhora nem comeu.

— Não estou com fome — murmurou ela. Estava agora visivelmente abatida. Pagou e saímos.

Ela ia voltar para o hospital, e eu quis acompanhá-la, mas então ela me disse:

— Acho melhor você ir para casa. Deve estar muito cansado. E além disso não vê seus pais desde ontem. Vá.

Tomei um ônibus, fui para casa. Tudo o que eu queria era deitar e dormir; e só esperava que minha mãe e meu pai não estivessem lá, que não me fizessem perguntas.

Felizmente não havia ninguém. Entrei, sentei numa poltrona do *living*. Sobre a mesinha, o livro de Brandão Monteiro, que Rafael havia me deixado. Abri-o ao acaso, pus-me a ler uma passagem em que Nando, o personagem principal, lembrava uma viagem de canoa com seu amigo Irapi: "Entramos num igarapé de águas muito tranquilas. Aos poucos, a galharia foi se fechando sobre nossas cabeças; por fim, era como se estivéssemos num túnel vegetal, um túnel sombrio. Não se ouvia um único som, a não ser a nossa respiração e o ruído dos remos na água. Íamos avançando, com a sensação de entrar num lugar estranho, povoado de invisíveis seres desconhecidos".

Fechei o livro. "A sensação de entrar num lugar estranho..." Era a sensação que eu tinha naquele momento. Uma espécie de viagem estava começando. Aonde chegaríamos, era algo de que eu não tinha a mínima ideia.

"Um livro só pra mim"

Os dias que se seguiram foram de muita tensão. Eu ia todos os dias ao hospital, pela manhã e à tarde; Rafael também aparecia lá, embora não com tanta frequência. A surpresa maior foi Fernanda; ela não só vinha, como às vezes ficava horas no corredor, esperando que o médico desse notícias. Teria sentimento de culpa? Ou será que no fundo, bem no fundo, sentia alguma coisa pelo João? Não sei, nunca perguntei.

Brandão Monteiro e Maria Helena não arredavam pé dali. Com o tempo, eles estabeleceram um sistema de convivência; falavam entre si, embora só o estritamente necessário. E se continham. Uma única vez eu vi o escritor ter um ataque de fúria: um repórter de rádio descobrira que ele estava na cidade e queria, de qualquer modo, entrevistá-lo para o programa Tragédias Reais. Chegou a vir ao hospital com gravador e tudo. Brandão Monteiro disse que não costumava dar entrevistas, principalmente numa situação como aquela. Mas o rapaz insistia, e ele terminou perdendo a paciência.

— Fora daqui! — gritava. — Dá o fora ou eu te quebro a cara!

Na maior parte do tempo, porém, ficava sentado, em silêncio, o olhar perdido (Maria Helena, não; caminhava de um lado para outro, nervosa).

À tarde, o médico nos dava notícias de João. Nos primeiros dias a informação era sempre a mesma: o estado dele se mantinha grave, apesar das doses maciças de antibióticos; continuava em coma, não respondia a estímulos. E o médico se recusava a fazer prognósticos; o caso era sério, tudo o que se podia fazer era esperar. Quando ele se ia, ficávamos em silêncio, Maria Helena soluçando baixinho, Brandão Monteiro de olhos baixos, arrasado.

Um dia, porém — já fazia duas semanas que João estava no hospital —, o médico saiu da UTI um pouco mais animado. Pela primeira vez havia sinais de uma leve melhora, a febre já não estava tão alta, o coma parecia mais superficial. Ele não queria alimentar falsas esperanças, mas tudo indicava que o pior já tinha passado.

Daí em diante, de fato, a recuperação foi rápida. A infecção foi superada, o estado geral melhorou rapidamente e finalmente o garoto foi transferido para o quarto.

Eu estava lá no momento em que João avistou o pai pela primeira vez. Ele não o via desde criança, e bem lúcido ainda não estava, mas quando viu o homem seus olhos brilharam.

— Pai? Meu pai?

Abraçaram-se, os bracinhos finos do doente em torno do pescoço do homem... Eu chorava, puxa vida, como eu chorava; e não só eu, Maria Helena assoava-se ruidosamente. Ela foi sensível; procurava mostrar ao filho que suas relações com o ex-marido eram, se não amistosas, pelo menos cordiais (pelo que Brandão Monteiro se mostrava muito agradecido).

Conversavam muito, pai e filho. Conversavam tanto que às vezes João chegava a ficar exausto, ofegante. É que estavam se descobrindo; como Nando e Irapi, percorriam os caminhos do desconhecido, e como Nando e Irapi se surpreendiam com o que encontravam. Às vezes era sobre um acontecimento aparentemente insignificante que falavam — João ficou horas contando sobre a primeira partida de futebol que disputara no colégio. Um jogo que eu aliás tinha presenciado. A atuação dele não chegara a entusiasmar ninguém: era muito ruim de bola, o pobre. Para ele, contudo, o importante era ter jogado; descrevia com minúcias cada passe, cada chute a gol; e o pai ouvia-o encantado.

De si, Brandão Monteiro falava menos: "Você não vai entender as complicações de minha vida", dizia, como que se desculpando. Descrevia os lugares que tinha visitado, as pessoas interessantes que conhecera. Uma tarde, quando cheguei ao hospital, ele estava lendo para o filho. Era o seu livro sobre Nando e Irapi. Quando chegou naquela parte "Eu tinha um amigo, um grande amigo. Um indiozinho chamado Irapi", João interrompeu-o com um gesto e, com o rosto iluminado, recitou:

— "Ele me ensinou tudo sobre a floresta; eu sabia reconhecer as plantas úteis e as plantas venenosas, sabia o nome de cada pássaro, de cada bicho..."

— Mas você decorou o livro! — disse o pai, maravilhado e comovido. — Você conhece a história melhor que eu! Quantas vezes você a leu?

— Muitas vezes — respondeu João, e uma súbita melancolia pareceu se apossar dele. O pai percebeu.

— Você é o leitor que qualquer escritor gostaria de ter — disse, com um sorriso forçado. Mas aquilo o abalara, via-se. Mais tarde ele me disse por quê.

— Nós nos tornamos amigos, o João e eu. Mas há coisas... coisas sobre as quais não falamos... Coisas que são uma barreira entre nós.

A mim me parecia perfeitamente natural que existissem barreiras entre um pai e um filho adolescente que quase não o conhecia; mas Brandão Monteiro estava tão ansioso para se aproximar do João que queria fazer o passado sumir, levado pela torrente de afeto que agora brotava dele. Mas como fazê-lo? De que modo poderiam eles recuperar esse tempo perdido, cheio de penosas lembranças que agora os ameaçavam? Brandão Monteiro não tinha uma resposta para essa indagação, eu, muito menos.

Apesar da melhora, João ainda ficou um bom tempo no hospital; o médico queria que ele saísse bem recuperado. Quando, finalmente, foi para casa, criou-se um problema: como faria o pai para visitá-lo? De novo Maria Helena mostrou-se compreensiva: Brandão Monteiro poderia ir ao apartamento — desde que ela não estivesse. O escritor se hospedou na casa de um parente e todos os dias ia ver o filho.

Uma tarde estávamos os três sentados no *playground* do edifício, conversando e olhando as crianças que brincavam. Um dos garotos usava uma máscara de Papai Noel — o Natal se aproximava.

— O que é que você vai querer de presente? — perguntou Brandão Monteiro ao filho.

João hesitou um momento.

— Quero um livro — disse, por fim.

— Você é modesto — sorriu o pai.

— Mas não é qualquer livro. Quero que você escreva um livro. — Seu rosto resplandecia. — Um livro meu. Uma história só pra mim, para nenhum outro leitor. É o grande presente que você pode me dar.

Eu achei graça, mas Brandão Monteiro não riu. Sabia que o filho estava falando sério, e que o pedido, aparentemente estranho, na verdade tinha um significado profundo, um significado que só os dois compreendiam.

— Está bem — disse por fim. — Vou escrever o livro. Ou melhor: nós dois vamos escrever.

— Nós dois? — João estava surpreso e encantado. — Um livro a quatro mãos?

— Isso mesmo. — Brandão Monteiro voltou-se para mim: — O que é que você acha, Rodrigo?

Engraçado, naquele momento tive inveja do João. Afinal, ele tinha um pai escritor, enquanto o meu... Bem, nenhum pai é herói para o filho adolescente; os pais dos outros é que são heróis, e naquele momento qualquer comparação com Brandão Monteiro seria desastrosa para o meu velho, cujas qualidades hoje posso avaliar melhor.

Eles começaram a trabalhar naquela mesma tarde. E, coisa surpreendente, o tal de bloqueio de que o escritor havia falado desaparecera. Ao contrário, ideias não lhe faltavam, nem a ele nem ao João. Eram tantos os temas que lhes ocorriam que por fim se viram confrontados com um problema: que história, afinal, escreveriam?

— Escrevam a história de vocês — eu disse —, as situações que vocês viveram, as coisas que vocês sentiram. Contem tudo; afinal, a não ser vocês, ninguém lerá o livro.

Olharam-me, olharam-se:

— É isso! — bradou o pai entusiasmado. — É a nossa história que vamos escrever!

Nas semanas seguintes muitas vezes presenciei uma cena que acabou se tornando familiar: os dois sentados — em geral na sala de jantar do apartamento —, cada um com uma caneta e um bloco (prefeririam escrever à mão, como se a máquina fosse uma barreira, um obstáculo entre eles), iam escrevendo, parágrafo após parágrafo, capítulo após capítulo, "Uma história só pra mim". O texto ficaria em segredo; mas, por uma concessão especial deles, tive acesso a alguns trechos do manuscrito. Que iam montando de uma maneira toda especial: cada um escrevia um trecho no bloco; depois, destacavam as folhas e colavam-nas numa folha maior. Uma coisa mais ou menos assim:

"Caminho pela beira da praia. Estou em busca de uma ideia para escrever, uma ideia que não me ocorre. De repente penso no meu filho: imagino-o no colégio, caminhando pelo pátio, como eu, e como eu pensando, mas pensando em quê? Pensando talvez nesta história que não me ocorre, e que pode ser a história de um pai e de um filho vivendo na floresta amazônica... Mas é isso que vou escrever! É isso!"

"Caminho pelo pátio do colégio. Tento entender o que se passa comigo, esta angústia que não me abandona... De repente penso no meu pai: imagino-o na praia, caminhando à beira do mar, como eu, e como eu pensando, mas pensando em quê? Pensando talvez nesta explicação que não me ocorre, neste entendimento a que não chego, e que pode estar na história de um pai e de um filho... Mas um dia vou ler esta história!"

Os textos, no papel, estavam separados. Mas eles estavam cada vez mais juntos. Os anos de separação não pesavam, tal a intensidade com que viviam a aproximação. Em pouco mais de um mês o livro estava pronto.

— Nunca escrevi um texto com tal rapidez — dizia Brandão Monteiro, encantado.

João também se mostrava feliz, grato. Mas o pai ainda tinha uma surpresa para ele.

Queria, como me confidenciou, entregar ao filho um livro — um livro *mesmo*, impresso, com capa e tudo. Só que para isso havia um problema: se entregasse o texto a uma editora, ou a uma tipografia, o segredo já não existiria. Claro, poderia trabalhar com um processador e uma impressora, mas, como me confessou, não estava familiarizado com essas coisas: seus instrumentos se restringiam ao lápis ou à sua velha máquina de escrever.

Foi então que lembrou da tipografia do tio.

— E se fizéssemos o livro lá?

João achou a ideia esplêndida (achava todas as ideias do pai esplêndidas). Mas não era uma coisa sem risco; ninguém podia entrar na tipografia, era proibido.

— Vocês querem arriscar? — perguntou Brandão Monteiro.

João aceitou imediatamente; eu, que já tivera uma experiência mais ou menos parecida com Rafael na editora, relutei um pouco, mas acabei concordando também.

Naquela noite, munidos de lanternas, nós fomos até a tipografia, que ficava perto da antiga estação ferroviária, num antigo bairro industrial. Quando lá chegamos, às onze da noite, não havia ninguém na rua.

O antiquíssimo prédio onde funcionara a tipografia estava mesmo fechado; havia um grande cadeado na porta carcomida.

— Há outra entrada por trás — disse Brandão Monteiro. Demos a volta à velha casa, avançando pelo capinzal que a rodeava, e de fato encontramos outra porta, esta sem cadeado, mas também fechada.

— E como vamos entrar? — perguntei.

— Acho que sei como resolver esse problema — disse Brandão Monteiro. Tateou a parede, até encontrar um tijolo que estava solto. Retirou-o e da cavidade extraiu a velha chave da porta:

— Um segredo só meu e do meu tio! — exclamou, triunfante.

Abriu a porta e entramos.

Era a própria imagem do abandono, aquilo. Velhas máquinas cobertas de poeira, teias de aranha por toda parte. Brandão Monteiro, porém, estava comovido.

— Exatamente como era, rapazes!
Correu para as máquinas, pôs-se a examiná-las.
— Esta funciona... Esta aqui também funciona...
Sim, as máquinas funcionavam; mas, e o papel? E a tinta? E a energia elétrica, cortada há vários anos? Mas o homem estava realmente determinado. Na noite seguinte trouxemos — num carro que ele havia alugado — papel, tinta e um gerador elétrico portátil para mover as máquinas.

E assim começamos a trabalhar. Nós três: ele explicava, a mim e a João, o que tínhamos de fazer e nós fazíamos. Aos poucos, as páginas foram sendo impressas. Não sem sobressaltos: uma noite fomos interrompidos por fortes batidas na porta da frente. Desligamos o gerador e ficamos quietos, aguardando. As batidas se repetiram mais uma vez, alguém praguejando em voz alta; depois fez-se o silêncio. Mas o susto fora grande; naquela noite não conseguimos continuar o trabalho, voltamos para casa.

Meus pais queriam saber onde é que eu andava, por que chegava tão tarde.

Eu não podia falar nada do livro, e muito menos da tipografia. Disse que estava preparando as provas finais com um colega que morava longe. Meu pai olhou-me, desconfiado, mas acabou aceitando a explicação.

Em poucos dias "Uma história só pra mim", um texto não muito longo, ficou pronto. Como livro, não era muito bonito; a impressão não era das melhores, a capa tinha sido desenhada pelo próprio escritor, que não era exatamente um artista. Mas eu sabia que aquilo tudo era detalhe. O importante era a história que ali estava escrita; o importante era a maneira como tinha sido feito. A edição constava de um único exemplar, mas o leitor a quem ela se destinava estava plenamente satisfeito com isso. E o escritor também.

O grande livro do mundo

Todos nós gostamos de uma história com final feliz, e com um final feliz eu queria terminar.

E que final seria esse? Ora, é fácil imaginar: Maria Helena se reconciliando com Brandão Monteiro, o escritor ganhando um grande prêmio literário, Fernanda se apaixonando por João. Mas não posso terminar assim, mesmo sendo este o capítulo sete, ou seja, o capítulo que tem como número a clássica conta do mentiroso.

Não houve final, e, se houvesse, ele não seria feliz – mas também não seria infeliz.

Brandão Monteiro não voltou a viver com Maria Helena. Mas os dois ficaram amigos; amigos o suficiente para conversarem francamente, para discutirem o que tinha acontecido entre eles, e para chegarem à conclusão de que o melhor para ambos era manter a separação. De modo que o escritor voltou para a casa da praia, mas não vive mais lá isolado, como um eremita, vigiando os garotos que se aproximam; ele só fica lá enquanto está trabalhando, e quando termina o trabalho volta para a cidade, onde tem muitos amigos e até uma namorada. Maria Helena voltou a casar, com seu chefe, e os três vivem muito bem – o João não morre de amores pelo padrasto mas o aceita. João visita o pai com muita frequência; caminham na praia, pescam, mas, segundo ele me diz, nunca mais escreveram nada juntos. Tanto ele como Rafael e eu estamos na universidade. Ele faz arquitetura; Rafael, que abandonou a ideia de se tornar detetive, estuda informática; e eu estou na medicina. Se pretendo ir para a Amazônia depois de formado? Não sei, ainda não fiz nenhum plano, mas não excluo nada: se pintar, até vou. Ah, eu esqueci de dizer: Rafael está namorando a Fernanda. Há um ano já. Estão tão apaixonados, que parece que vai dar casamento.

E o livro? Nunca mais o vi; nem pergunto ao João a respeito. Mas tenho certeza de que ele o guarda muito bem guardado e que o lê muitas vezes. Não só porque conta uma boa parte de sua vida, mas também porque marcou o reencontro dele com o pai – e consigo mesmo. E também porque lhe ensinou uma lição. Como ele me escreveu numa carta enviada da praia do Irapi: "Uma história só pra mim era o que eu queria; eu precisava dela para descobrir que cada um só pode escrever a sua história – que é única – com a ajuda de muitos outros, conhecidos e desconhecidos. Neste livro estamos eu e meu pai, mas está também minha mãe, você, nossos amigos, os operários que um dia trabalharam naquela tipografia. Eu pensei que ia fazer daquele livro o meu mundo. Agora sei que o mundo é um grande livro, um livro cuja leitura não termina nunca".

O autor

Quando as pessoas me perguntam quando e por que me tornei escritor, retorno de imediato à minha infância, vivida no bairro do Bom Fim, em Porto Alegre. Era um bairro de imigrantes, gente pobre, mas que tinha uma intensa vida em comunidade – como se fosse uma única e grande família. Fazia parte dos costumes deles reunirem-se todas as noites na casa de alguém para, tomando chá ou chimarrão, contar histórias. Era a diversão possível numa época em que a tevê não existia e em que o cinema era muito caro. Essas histórias, que me encantavam, foram minha primeira motivação para a literatura. A esta, outra logo se acrescentou. Minha mãe que, diferentemente de outras pessoas do bairro, conseguira estudar e era professora do ensino fundamental, introduziu-me muito cedo no mundo da literatura. Uma vez por mês levava-me a uma grande livraria, para que eu comprasse livros. O que me dava grande alegria, mas me deixava preocupado. Eu sabia que o nosso orçamento era apertado e temia que aquele dinheiro pudesse fazer falta em casa, para roupas, quem sabe até comida. A resposta de minha mãe era sempre a mesma: "Em nossa casa pode faltar qualquer coisa, mas não podem faltar livros".

Cedo, eu estava escrevendo minhas primeiras historinhas, que passavam de mão em mão. "Este vai ser o escritorzinho aqui do bairro", diziam as pessoas, e era só o que eu queria ser: o escritorzinho do Bom Fim. Tudo o que veio depois foi uma surpresa.

A vivência de filho de imigrantes está muito presente em minha obra, mas também a de estudante de medicina e de médico de Saúde Pública — uma especialidade em que a gente está em íntimo contato com a realidade brasileira, uma realidade não raro injusta e até cruel.

Meu primeiro livro foi publicado em 1968. Desde então, não parei mais, e hoje tenho 63 obras, várias traduzidas, várias premiadas. A ficção juvenil desempenha em meu trabalho um papel importante. Quando escrevo para jovens, lembro o jovem leitor que fui e que procurava nos livros prazer, encanto e resposta para os problemas da existência. Se os leitores encontrarem isso em minha obra, ficarei feliz.

Em *Uma história só pra mim* entro em uma temática que me fascina: a relação entre pais e filhos, uma relação às vezes complexa, mas fundamental para o ser humano.

Entrevista

Uma história só pra mim fala dos intrincados caminhos das relações humanas. Agora, vamos saber como o autor Moacyr Scliar concebe e se relaciona com suas obras?

VOCÊ É AVESSO A ENTREVISTAS, COMO A PERSONAGEM BRANDÃO MONTEIRO? CONCORDA COM A IDEIA DE QUE O QUE UM ESCRITOR TEM A DIZER JÁ ESTÁ EM SEUS LIVROS?

- Não, não sou avesso a entrevistas nem a nenhuma forma de contato com o público — ao contrário, gosto muito de conversar com leitores, sobretudo os jovens. Revejo neles o jovem leitor que fui (na pré-história, claro) e que procurava nos livros prazer, emoção e respostas para os grandes problemas da vida. Esse contato completa, de alguma maneira, o meu trabalho como escritor. Certo, o livro tem de se explicar por si mesmo, mas também existe o contato pessoal e isso é importante, principalmente num ofício solitário como é o do escritor.

RODRIGO SE SURPREENDEU COM O FATO DE QUE UM ADULTO, "E ESCRITOR, AINDA POR CIMA", LHE REVELASSE TANTAS COISAS, "E COISAS PENOSAS DE OUVIR". NESSA SURPRESA DE RODRIGO, PERCEBE-SE UMA CERTA MITIFICAÇÃO DA FIGURA DO ESCRITOR, QUE, NO TEXTO, SE REVELA UM SER HUMANO COM SUAS FRAGILIDADES, COMO OUTRO QUALQUER. HOUVE ALGUMA INTENÇÃO SUA DE PROVOCAR, POR MEIO DA PERSONAGEM BRANDÃO MONTEIRO, UMA DESMITIFICAÇÃO DA FIGURA DO ESCRITOR?

- Intenção propriamente não, mas acredito, sim, que é preciso desmitificar o escritor, mostrar que ele é uma pessoa igual às outras, para que o leitor possa ver na literatura uma coisa familiar — como é, por exemplo, a carta de um amigo.

Na parte final do texto, há uma fala da personagem João, segundo a qual "cada um só pode escrever a sua história, que é única, com a ajuda de muitos outros, conhecidos e desconhecidos". Essa visão pode ser atribuída apenas à personagem João ou também ao escritor Moacyr Scliar? Em que medida a própria história do escritor está presente em seus livros?

- Quando começamos a escrever, tendemos a ser autobiográficos, contando a história de nossa vida. À medida que progredimos, que amadurecemos, vamos aprendendo a criar personagens que têm vida própria. Mas escritor nenhum poderia fazer ficção se não tivesse a experiência, sempre enriquecedora, do contato com outros seres humanos.

Para Brandão Monteiro, o término de uma obra traz, primeiro, uma sensação de triunfo, depois, uma espécie de vazio. Com você também é assim?

- É, é assim... Mas esse "vazio" serve de estímulo, a gente quer preenchê-lo e aí surgem ideias para novas histórias.

Uma certa preocupação com as relações familiares mostra-se presente em muitas de suas obras. Lembrando apenas os livros publicados pela Atual Editora, além de *Uma história só pra mim*, temos *Pra você eu conto* e *Aquele estranho colega, o meu pai*. O que você teria a dizer a seus leitores sobre o papel de tais relações em nossa vida?

- É fundamental. Pai e mãe são as figuras mais importantes em nossas vidas. Mas a nossa relação com eles volta e meia é marcada pela crítica, pela inconformidade; é difícil admitir que pais e mães não são super-homens nem supermulheres, são pessoas com suas qualidades e seus problemas, pessoas que temos de aceitar, se queremos amá-las verdadeiramente. Tenho a esperança de que meus textos ajudem jovens leitores nesse processo de aceitação.

Você é médico. Como o exercício da medicina interfere na elaboração de suas obras?

- Interfere muito, mas não diretamente. Como médico, tive dois tipos de experiências valiosas. Em primeiro lugar, o contato com o doente, que é muito revelador do ser humano em sua intimidade; depois, a prática da saúde pública, que é uma porta de entrada para a realidade brasileira. Paralelamente, a literatura científica nos ensina a escrever com objetividade, com economia.